LOS FUTBOLÍSIMOS

EL MISTERIO
DEL TESORO PIRATA

Roberto Santiago

Ilustraciones de Enrique Lorenzo

LITERATURA**SM**•COM

Primera edición: septiembre de 2016
Cuarta edición: junio de 2017

Gerencia editorial: Gabriel Brandariz
Coordinación editorial: Berta Márquez
Coordinación gráfica: Lara Peces

Ilustraciones: Enrique Lorenzo
Asistente de color: Santiago Lorenzo

© del texto: Roberto Santiago, 2016
© de las ilustraciones: Enrique Lorenzo, 2016
© Ediciones SM, 2016
    Impresores, 2
    Parque Empresarial Prado del Espino
    28660 Boadilla del Monte (Madrid)
    www.grupo-sm.com

ATENCIÓN AL CLIENTE
Tel.: 902 121 323 / 912 080 403
e-mail: clientes@grupo-sm.com

ISBN: 978-84-675-9045-6
Depósito legal: M-30544-2016
Impreso en la UE / Printed in EU

Un tren cruza la sierra a toda velocidad.

La locomotora pita al pasar por una estación en la que no tiene parada.

En el interior del vagón número 10, algunos viajeros van leyendo tranquilamente, mirando por la ventanilla, observando el paisaje despreocupados.

Entonces se oye un ruido que proviene del pasillo.

Parece un grito...

No, no: son muchos gritos.

Un señor muy gordo se da la vuelta en su asiento para ver de qué se trata.

Una mujer con el pelo blanco y un collar muy llamativo también levanta la vista con curiosidad.

Los gritos cada vez están más cerca.

De pronto, por el pasillo del vagón aparecen cinco niños vestidos de futbolistas, corriendo a toda velocidad detrás de un balón.

¡No es muy normal ver a unos niños jugando al fútbol dentro de un tren!

Esos cinco niños se llaman Camuñas, Angustias, Ocho, Helena y Pakete.

Para el que no lo sepa, Pakete soy yo. Bueno, en realidad mi nombre es Francisco, pero casi todos me llaman Pakete desde que fallé cinco penaltis seguidos en la Liga Intercentros. Pero

eso ahora es lo de menos. Además, no hay tiempo para explicaciones. Tengo que seguir corriendo por el interior del tren.

–¡Pasa, pasa! –grita Camuñas, que va en cabeza.

Yo le pego un puntapié al balón, que sale disparado hacia su posición.

Camuñas está a punto de controlar la pelota, pero en el último segundo, alguien se le adelanta.

¡Es Toni!

Pega un gran salto y le roba el balón.

–¡Mía!

Toni ha aparecido de repente, y ahora es él quien corre con la pelota en los pies en dirección contraria, justo hacia donde estamos nosotros.

Ocho intenta detenerle. Se tira al suelo para quitarle el balón, pero Toni salta por encima y sigue corriendo.

La señora del pelo blanco le pega un grito:

–¡Niño, que esto es un tren, no un campo de fútbol!

–¡Ya, ya, señora, perdone, es que es muy importante! –exclama Toni.

–¡Ni importante ni nada, largo de aquí ahora mismo! –le responde la señora, que intenta golpearle con el bolso.

Pero Toni es muy rápido y tiene buenos reflejos, así que se agacha, esquiva el bolsazo y continúa corriendo.

Angustias le sale al paso, intenta pararle, quitarle la pelota.

Al verle, Toni golpea el balón, que rebota contra una maleta que está en un lateral, y le deja atrás.

¡Increíble: ha hecho una pared con una maleta!

Toni no me cae muy bien, y a veces se porta como un chulito, pero la verdad es que es muy bueno. Es el máximo goleador del equipo, y es muy difícil quitarle el balón.

Ahora es Helena la que intenta cortarle el paso. Helena con hache es la más guapa y la que tiene los ojos más grandes de mi colegio.

Toni sonríe al verla... ¡y pasa el balón por encima de ella!

Helena salta, intentando dar con la cabeza al balón, pero no llega.

El balón cae de nuevo, y Toni continúa corriendo.

Ahora viene directo hacia mí.

—¡Pakete, retrocede, no le entres! —me grita Helena.

—¡Hecho! —respondo, intentando hacerle caso. Camino hacia atrás, retrocediendo como me ha dicho mi compañera, pero no resulta fácil.

En ese momento, aparecen al fondo los que faltaban: Anita, Marilyn y Tomeo.

Estamos en el tren regional de las diez y cuarto.

Es domingo.

Y vamos rumbo a un pueblo de la sierra donde se va a inaugurar un nuevo campo de fútbol.

Ahora mismo estamos los nueve componentes del equipo del colegio Soto Alto corriendo por el interior del tren.

Nos hemos dividido en dos grupos y estamos jugando a un gol regateado, que, como todo el mundo sabe, consiste en que hay una sola portería y dos equipos.

Gana el primero que marque gol.

Solo que en un tren no hay ninguna portería. Así que hay que llevar el balón hasta el vagón cafetería, que es el más grande de todo el tren, el único que no tiene asientos y es lo más parecido a una portería.

El primero que consiga llegar allí con el balón y lo meta dentro de la barra, ganará el gol regateado.

Además, los que pierdan tendrán que llevar las bolsas con los balones y los conos y las equipaciones durante todos los entrenamientos de pretemporada.

Es una apuesta muy importante.

Toni llega corriendo hasta la plataforma que está entre los dos vagones.

Casi no hay tiempo.

El siguiente vagón es la cafetería.

Si consigue pasar, habrán ganado ellos.

Y perderemos el gol regateado.

Y todo será un desastre.

¡Tengo que impedirlo como sea!

Estoy delante de Toni. He retrocedido sin entrarle, evitando que me haga uno de sus regates.

Detrás de él, puedo ver cómo forcejean los demás, luchando unos con otros para llegar hasta nosotros.

Muchos de los pasajeros nos gritan indignados.

–¡Gamberros!

–¡Vergüenza os debería dar!

–¿A quién se le ocurre?

–¡A la policía!

Toni me mira fijamente.

Me olvido de los gritos y de todo lo demás y me concentro: no va a pasar, no va a pasar...

Entonces, él me dice:

–Te voy a hacer un caño.

–¿Eh?

–Que te prepares, porque voy te voy a hacer un caño ahora mismo, aquí en medio.

–Ni lo sueñes –respondo, muy seguro.

Nos quedamos un instante los dos quietos, mirándonos fijamente. Como si fuera un duelo del Oeste. Entre los dos vagones.

Él amaga con el balón.

Yo cierro las dos piernas: no voy a consentir de ninguna manera que me haga un caño.

A continuación, vuelve a amagar, muy rápido.

Cierro las piernas de nuevo.

No lo va a conseguir.

Los demás están cada vez más cerca. Enseguida los tendremos encima.

–¡Aguanta, Pakete, que ya vamos! –grita Camuñas.

Pero también vienen los del grupo contrario.

–¡Dale, Toni, dale! –grita Marilyn, que es la capitana del equipo.

Tengo que hacer algo, o será demasiado tarde.

Adelanto el pie derecho hacia el balón.

Y justo en ese momento, a partir de ese gesto, cambia todo.

En menos de un segundo.

Sin dejar de mirarme, Toni aprovecha mi movimiento y empuja la pelota con el empeine.

Ha sido un toque de balón rapidísimo, casi imposible... ¡y sin mirar!

Agacho la cabeza, temiéndome lo peor: puedo ver la pelota pasando por debajo de mí. Entre las dos piernas.

Parece que rueda a cámara lenta.

—¡Noooooooooooooo! –grito.

Pero es demasiado tarde.

Ya no puedo hacer nada.

Me ha hecho un caño.

—Te lo dije, espabilado –murmura, mientras me da un empujón y me deja atrás.

Me quedo con cara de tonto, sin saber qué hacer.

Del empujón, me caigo de culo al suelo.

Toni coge la pelota y enfila el vagón cafetería.

Apenas me da tiempo a girarme. Enseguida llegan todos los demás a mi altura. Levanto los brazos para evitar que me arrollen.

—¡Cuidadooooooooo! –grito

Pero van lanzados y no pueden pararse.

Tomeo tropieza conmigo. Y Angustias con Tomeo. Y Anita con Angustias. Y así sucesivamente.

Hasta que caen todos sobre mí.

—¡Aaaaaaaaaaaaaaaaaaaaaaag! –exclamo.

En el suelo, con mis compañeros encima de mí, puedo ver cómo Toni eleva el balón suavemente desde la puerta.

El balón vuela, vuela, vuela...

Y cae justo sobre la barra... En la que están, precisamente, Felipe y Alicia, nuestros entrenadores, tomando un café.

Felipe pega un grito, asustado.

–¿¡Pero qué...!?

El balón cae sobre las tazas de café.

¡PAM!

El líquido sale disparado y los pone perdidos.

Alicia, empapada, de muy mal humor, se da la vuelta hacia la puerta.

–¿Quién ha sido? –pregunta muy enfadada, mientras se limpia la camisa con unas servilletas de papel.

Eleva aún más el tono de voz y vuelve a preguntar:

–¿Quién es el cabeza de chorlito al que se le ha ocurrido jugar al fútbol aquí dentro?

Al girarse, ve a Toni.

Tratando de disimular.

Poniendo cara de buena persona.

Sonriendo.

Toni traga saliva, me señala y dice:

–¡Ha sido idea de Pakete!

Alicia nos castigó a todos con mil flexiones.

–¡Pero eso es una barbaridad! –protestó Camuñas

–¿Mil flexiones? –preguntó Tomeo, como si no lo hubiera oído bien.

–¡Yo no he hecho nada! –exclamó Anita.

–Todos habéis corrido por el tren detrás del balón –repuso Alicia–. Tendréis que hacer mil flexiones antes de que empiece la liga, y el que no las haga no podrá jugar.

–Pero es injusto: la idea fue de Pakete –insistió Toni.

–El que ha tirado los cafés has sido tú –me defendí. Aún seguía debajo de mis compañeros, aplastado–. ¿Os podéis mover, por favor?

–Sois un equipo –dijo Alicia–. Todos castigados por igual.

—Muy bien dicho —apoyó Felipe, que la miró de reojo—. ¿No serán demasiadas?

—Son muchísimas —intervino Marilyn.

—¿No pueden ser diez flexiones? —preguntó Angustias.

—Mil he dicho y mil se quedan —dijo la entrenadora, dando la conversación por terminada—. ¡Haberlo pensado antes de hacer el cafre!

A continuación, Alicia y Felipe nos dieron la espalda y pidieron disculpas al camarero, que limpió la barra y les puso otros dos cafés.

Ufffffffffffff.

Mil flexiones.

A lo mejor no había sido tan buena idea jugar al gol regateado en el regional de las diez y cuarto.

Después de bajarnos del tren y de que Alicia nos castigara a todos, por fin llegamos a la inauguración.

Las instalaciones eran enormes.

Había mucha gente, mayores y niños, alrededor del terreno de juego.

El nuevo campo de fútbol de Los Justos era el más grande de toda la sierra.

Al menos, el más grande de todos los colegios que yo conocía.

Tenía césped natural, recién cortado, perfecto.

Gradas gigantescas a ambos lados.

Los banquillos de color blanco, con techo, nuevos, relucientes bajo el sol.

Todo estaba impecable en aquel campo.

Pero lo que más llamaba la atención era una bandera gigante en una esquina del campo.

Atada a un mástil muy alto, ondeaba la bandera pirata.

Negra, con una calavera y dos espadas blancas.

Agitada por el viento.

Era una bandera muy especial, nunca había visto una así. Más gruesa de lo normal. La verdad es que era espectacular.

No era muy habitual ver la bandera pirata en el campo de fútbol de un colegio.

Aunque aquel no era un colegio normal y corriente.

Para ser sincero, ni siquiera era un colegio.

Era un correccional.

El centro de menores Los Justos.

Una especie de cárcel para menores de edad.

Lo habían abierto ese verano, a pesar de las protestas de muchos vecinos de la zona. Nadie quería tener cerca un grupo de jóvenes delincuentes. Pero, como dijo mi padre:

–En algún sitio tenían que ponerlo.

Mi padre se llama Emilio y es el policía de nuestro pueblo.

–Además, que no son delincuentes: son chicos y chicas que han cometido un error, y que tienen derecho a rehabilitarse –dijo también.

La apertura del centro Los Justos había levantado una gran polémica.

Por un lado, mucha gente de los pueblos de alrededor se había manifestado para que se lo llevaran a otra parte.

Y luego habían venido también otros grupos de manifestantes a los que parecía indignante que metieran a niños en una cárcel.

–Es una vergüenza –dijo mi madre.

–Por favor, Juana, es un centro de menores –explicó mi padre.

–Tú llámalo como quieras, pero es una cárcel –zanjó ella.

Poco a poco, habían ido trayendo a menores de entre catorce y dieciocho años de toda España.

Había un total de 98 internos.

Y por último, habían abierto el llamado módulo Z.

No sé por qué lo llamaban así.

Era un módulo especial para los más pequeños. Allí había niños y niñas menores de catorce años.

Según la ley, no se puede encerrar a los menores de catorce, salvo excepciones muy especiales. Niños y niñas con reincidencia peligrosa, cuando no hay más remedio. En esos casos, el juez dicta una orden especial y pueden meterlos durante un tiempo en un centro.

En toda España, solo había diez menores de catorce años encerrados. Y estaban justamente allí. Al lado de nuestro pueblo. En Los Justos.

Marilyn señaló la bandera pirata que ondeaba al viento y dijo:

–Le faltan los huesos.

–Es verdad –dijo Anita, que es la empollona del equipo–. Las auténticas banderas piratas tienen una calavera y dos huesos enormes cruzados. Aunque ya en el siglo diecisiete hubo algunos piratas, como Jack Rackham, que sustituyeron los huesos por dos espadas.

–¿Siempre lo sabes todo, listilla? –preguntó Toni.

–Siempre no –respondió ella–, pero sí la mayoría de las veces. Cosa que tú no puedes decir, desde luego.

–Pues mira: no sabré muchas cosas –dijo él–, pero hay una que sí tengo muy clara: te voy a meter ahora mismo un empujón que vas a ver las estrellas, y luego ya nos lo cuentas.

–No te atreverás.

–Ya lo creo.

Toni y Anita se encararon, y hasta parecía que iban a llegar a las manos.

–Vale, vale, no peleéis, que no merece la pena –intervino Helena, poniéndose en medio de los dos–. Somos un equipo, y la violencia nunca soluciona nada...

En ese momento, una voz detrás de nosotros nos sobresaltó.

–¡Tonterías! ¡La violencia es la mejor solución!

Nos giramos de golpe.

Un niño con el pelo cortado al uno y con muchísimas pecas nos miraba desafiante.

Masticaba chicle y sonreía.

–¿Sois los panolis del Soto Alto? –preguntó.

—Sí, somos nosotros —dijo Tomeo—. Quiero decir, que somos los del Soto Alto, no que seamos unos panolis.

El niño se rio y le dio una colleja a Tomeo.

—Vaya con el gordito. Qué gracioso —dijo.

—Oye, no te pases, que aquí el único que les mete empujones y collejas a estos soy yo —intervino Toni.

—Yo gordito no estoy —protestó Tomeo.

El niño miró ahora a Toni.

Le observó detenidamente, sin dejar de masticar chicle.

—Escucha, chavalín: estoy aquí encerrado por haber cometido más de veinte delitos, entre robos, asaltos y peleas. He fundado una pandilla de ladrones infantiles. Me he escapado de ocho internados. He estado en lugares prohibidos que tú jamás pisarás. Y si ahora le quiero pegar una colleja al gordito, se la pego. ¿Estamos?

Toni se quedó callado, sin abrir la boca.

Por primera vez, parecía asustado.

—Por mí no hay problema —dijo Tomeo—. Tampoco ha sido para tanto.

—Eso pensaba —añadió el niño de las pecas.

Y le volvió a dar otra colleja a Tomeo, que esta vez ni siquiera intentó esquivarla.

Mi hermano mayor, Víctor, es el campeón mundial de las collejas.

Se pasa el día llamándome enano y dándome collejas.

Yo creo que tendría que presentarle al niño de las pecas para que hicieran una competición a ver quién daba más collejas por minuto.

Sin venir a cuento, le dio una a Camuñas.

−¿Te ha dolido?

−No mucho −se lamentó Camuñas mientras se llevaba la mano a la nuca.

−Sois un poco panolis, pero veo que nos vamos a entender perfectamente −siguió diciendo el chico, al tiempo que caminaba entre nosotros como si nos estuviera inspeccionando.

Continuaba masticando chicle. Nadie se atrevía a decir nada. Yo creo que no nos movíamos para no hacer algo que pudiera molestarle.

Se detuvo justo delante de Helena con hache.

–Vaya, vaya, vaya –dijo–. Tú debes ser la guapita del grupo, ojazos.

–Me llamo Helena, con hache –contestó ella desafiante, sin inmutarse.

–Encantado. Yo soy Zlatan, con zeta –respondió él.

Y, sin dejar de mirarla, añadió:

–Está claro que estamos hechos el uno para el otro.

Aquel niño, Zlatan, empezó a soplar lentamente y un globo de chicle asomó por su boca.

El globo de color rosa iba creciendo poco a poco, haciéndose más y más grande.

Hasta que Helena levantó la mano, se quitó una horquilla del pelo y...

¡BANG!

Lo pinchó.

El globo estalló, pegándose en la cara del niño.

Por un momento, Zlatan se quedó desconcertado.

—Tú y yo no tenemos nada que ver, Zlatan con zeta —dijo Helena.

A continuación, ella dio media vuelta y se alejó en dirección al campo de fútbol, donde parecía haber mucha gente esperando.

—¡Oye, Helena con hache, me encanta cuando pronuncias mi nombre en voz alta! ¡Zlatan con zeta suena mucho mejor cuando

tú lo dices! –gritó el chico–. ¡Está claro que, tarde o temprano, tú y yo seremos novios!

–¡Sigue soñando! –respondió Helena, que cada vez estaba más lejos.

Al fin, se quitó los restos de chicle pegados a su rostro.

–Puaajjjjjj, qué asco... –murmuraba mientras lo hacía, hasta que se dio cuenta de que le estábamos observando–. ¿Qué miráis? ¿Es que tengo monos en la cara? Si es que se os ve a primera vista: sois todos unos panolis. Lo he dicho y lo repito: pa-no-lis.

–Oye, no te pases –intervino Marilyn–, que tú habrás cometido muchos delitos y serás muy peligroso, pero yo soy la capitana del equipo y no consiento que hables así a mis jugadores.

–Pues si eres la capitana, quiero que seas la primera en saberlo: os vamos a meter una paliza de campeonato en el partido –soltó Zlatan.

–¿Qué partido? –preguntó Anita, interesada.

–Pues el partido del Soto Alto contra Los Justos. ¿Es que no os habéis enterado? –dijo como si lo supieran todos menos nosotros–. Por cierto, yo soy el delantero centro del equipo, y el módulo Z se llama así en honor a mi nombre: Zlatan con zeta. ¿Lo tenéis claro, panolis?

–Una pregunta, si no es molestia –intervino Ocho–. El partido ese que has dicho, ¿lo vamos a jugar contra vosotros, o sea, contra el equipo de Los Justos?

–Pues claro –respondió riéndose–. Para eso habéis venido: para enfrentaros a nosotros, al equipo de los «delincuentes», ¿no os lo habían contado?

—Se les ha olvidado, me parece —dijo Tomeo, rascándose la nariz.

—¡Os vamos a pegar una paliza que ya veréis, panolis! —añadió, sin parar de reírse.

—Una paliza dice, qué gracioso —dijo Angustias.

—Sí, sí, una paliza, y no me refiero al fútbol solamente... Somos los niños malos, ¡uuuuuuuuuh! —continuó Zlatan, que parecía que iba a atragantarse de tantas risas.

Felipe y Alicia no nos habían explicado nada.

Solo, que íbamos a jugar un partido amistoso de pretemporada.

Tal vez ellos tampoco sabían quiénes eran nuestros rivales.

O tal vez no nos lo habían dicho para que no nos asustásemos.

Nos íbamos a enfrentar contra los diez niños y niñas más peligrosos de toda España.

Menudo panorama.

—Oye, ¿y la bandera pirata esa? —preguntó Ocho.

Zlatan dejó de reírse al oír aquello y se puso otra vez muy serio.

Aquel chico cambiaba de humor cada medio segundo. Dijo:

—Es nuestro símbolo. La bandera de nuestro equipo.

—¿La bandera pirata es el símbolo de vuestro equipo de fútbol? —preguntó Anita, sin entender nada.

—Exacto. ¿Algún problema?

—No, no, a mí me parece muy bien.

—Y a mí, y a mí.

—A mí también.

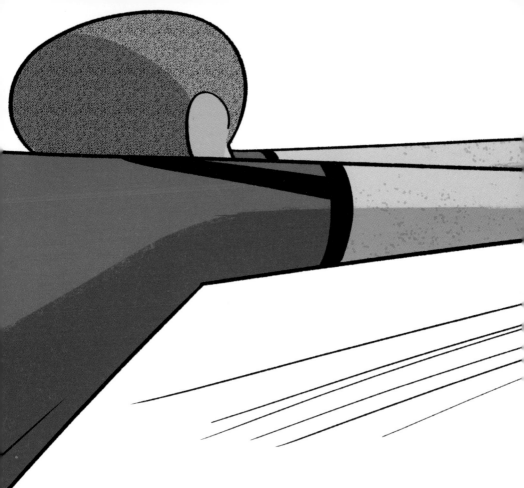

No conocía ningún equipo que llevara una bandera pirata. Claro, que tampoco conocía ningún equipo de fútbol de un centro de menores. O, como decía mi madre, de una cárcel.

—Somos el equipo pirata, panolis —repitió Zlatan, poniéndose en plan misterioso, y le dio otra colleja a Tomeo.

Ya estaba empezando a cansarme.

—Lo de panolis yo creo que sobra —dije.

En cuanto escuchó aquello, Zlatan se giró y me miró fijamente.

—¿Qué has dicho? —me preguntó.

Di un paso atrás.

–Digo que a lo mejor sobra lo de panoli –repetí, bajando la voz y retrocediendo otro paso.

Zlatan apretó los dos puños y se puso rojo.

Mis compañeros me miraron asustados.

–No quiero mirar –dijo Angustias, tapándose los ojos.

Sin más, el chico de las pecas me pegó un tremendo empujón.

Caí al suelo.

Era la segunda vez en el mismo día que me caía de culo al suelo.

Antes de que pudiera levantarme, Zlatan se acercó a mí.

Y exclamó:

–¡Te vas a enterar, panoli!

No sé lo que iba a hacer.

Pero seguro que no era nada bueno.

Se abalanzó sobre mí...

Y en el último segundo, una voz le detuvo:

—¡No te he dado permiso para que pegues a los nuevos!

Zlatan se giró.

Allí apareció una niña muy delgada y muy bajita, con una coleta rubia larguísima y con un parche negro cubriéndole un ojo.

Sí, sí: ¡un parche negro atado con una cinta alrededor de la cabeza!

La chica señaló a Zlatan y exclamó:

—¡Suéltale ahora mismo, panoli!

—¿Esa niña le ha llamado panoli? —preguntó Camuñas, que no podía creérselo.

—Creo que sí —respondió Tomeo.

Pensé que se iba a liar una buena.

Que Zlatan iba a lanzarse a por la niña.

Que se iba a formar una pelea de las que hacen época.

Pero en lugar de eso, el chico me soltó, agachó la cabeza asustado y dijo:

—Perdón.

Todos nos quedamos atónitos.

Un montón de preguntas nos vinieron a la cabeza.

¿Quién sería aquella niña?

¿Cómo tendría que ser de peligrosa para que incluso Zlatan se asustara?

¿Sería otra de las internas del centro de menores?

Y sobre todo...

¿Por qué llevaba ese parche?

¿Era de adorno, o de verdad le faltaba un ojo?

La chica del parche se acercó caminando muy despacio.

Respiró profundamente, como si quisiera dejar claro que ella no tenía ninguna prisa y que las cosas se hacían a su ritmo.

El ojo que estaba a la vista era de color verde y parecía brillar con el sol.

Llevaba la coleta más larga que yo había visto nunca.

La verdad es que tenía una pinta muy extraña con el parche y todo lo demás, pero era muy guapa. Y además era... ¡mi salvadora!

—Muchas gracias —dije.

—No me des las gracias —respondió ella—. Me debes un favor. Y ese favor me lo vas a devolver cuando yo te diga.

—Claro —respondí sin pensar—. ¿Cómo te llamas?

Ella sonrió.

Y dijo:

—Soy la capitana del equipo de Los Justos: la pirata Laoi Chai San.

Laoi Chai San fue una famosa pirata del mar de China.

Navegó entre 1922 y 1939.

Llegó a tener más de doce embarcaciones bajo su mando.

La leyenda cuenta que robaba a los ricos y lo repartía entre los pobres, igual que Robin Hood.

Era temible.

Despiadada.

Intrépida.

Valiente.

Posiblemente, la mujer pirata más famosa de todos los tiempos.

La niña que estaba delante de nosotros en ese momento no tenía nada que ver con ella.

Aunque llevara un parche en el ojo.

Y todos allí la llamaran Laoi Chai San.

Sonrío abiertamente, nos miró y dijo:

—Bueno, en realidad me llamo Almudena García, pero todos me llaman Laoi Chai San.

—Mola —dijo Camuñas—. Es un nombre muy chulo.

—Gracias —dijo ella—, pero no me importa lo más mínimo tu opinión. He venido para deciros tres cosas: la primera, que os vamos a meter una paliza en el partido amistoso.

—Ya se lo he dicho yo también —dijo Zlatan.

—Tú calla —le cortó—. Ya sabes que solo puedes hablar cuando yo te dé permiso.

—Sí, perdón, Chai San —respondió el chico de las pecas, bajando de nuevo la cabeza.

—La segunda cosa que quiero deciros es que podéis llamarme «capitana», o «jefa», o «Laoi Chai San», o incluso «Chai San», pero de ninguna otra forma.

—A mí me gusta Chai San —dijo Tomeo.

—¡A mí también! —insistió Camuñas.

—Yo soy la capitana del Soto Alto —dijo Marilyn, presentándose.

—Yo soy el máximo goleador —dijo Toni.

—Y yo, el portero titular —añadió Camuñas—. Puedes llamarme «portero», o «número uno», o «Camu», o incluso «Camuñas».

Ella los ignoró y siguió a lo suyo.

—La tercera y última cosa es que tengo un mensaje muy importante para uno de vosotros —dijo.

Ahora sí que nos quedamos todos expectantes.

Mirándola.

¿Qué mensaje sería?

¿Para quién?

¿Por qué?

Laoi Chai San dio un paso adelante, me señaló y dijo:

−Es un mensaje para ti.

¿Un mensaje?

¿Para mí?

¡Toma ya!

Casi me caigo al suelo otra vez.

−¿Seguro que es para él? −preguntó Camuñas−. ¿No prefieres darme un mensaje a mí?

—Es un mensaje para un niño que se llama Pakete —dijo muy seria.

—Ese soy yo —dije.

Primero me salvaba y ahora me iba a dar un mensaje.

No tenía ni idea de qué estaba pasando allí.

La niña del parche sonrió y me dijo:

—Ven conmigo, Pakete. Vamos a dar un paseo.

Glups.

En las historias de piratas, había oído muchas veces que, cuando iban a tirar a uno de la tripulación a los tiburones, decían que iban a «darle el paseo».

No me hizo ninguna gracia.

Pero no tenía elección.

—Claro, un paseo —murmuré—. Fenomenal.

Ella me hizo una seña con la cabeza.

Yo la seguí de inmediato.

—¿Quieres que vaya con vosotros, jefa? —preguntó Zlatan.

—Tú quédate ahí con ellos, panoli —respondió sin mirarle siquiera.

Mientras Almudena García, más conocida como Laoi Chai San, y yo nos alejábamos del grupo, Zlatan se quedó con el resto de mis compañeros.

—¿A que fastidia que te llamen panoli? —le preguntó Tomeo.

—Esa niña que acabas de conocer tiene el récord de España: ciento doce delitos cometidos. Incluyendo incendiar su propio colegio. Y robar un banco. Te prometo que me puede llamar como quiera —le cortó Zlatan, encarándose con él—. ¿Lo entiendes o no lo entiendes, gordito?

—Perfectamente —respondió Tomeo, temeroso.

Después de caminar unos metros en silencio, al fin la chica se detuvo muy cerca de uno de los pabellones que había detrás del campo de fútbol.

—Mira, Pakete, este es el módulo Z —dijo ella señalando el barracón que teníamos justo delante. Me fijé en que en la puerta había una inscripción: una calavera y dos espadas cruzadas—. Lo de la bandera pirata fue idea mía.

—Muy bonita. O sea, quiero decir bonita en plan de que da un poco de miedo, pero que es muy chula también.

—Ya, ya. Bueno, eso es lo de menos. Lo que te quiero decir es que, cuando se me mete una idea en la cabeza, al final siempre lo consigo. Fíjate: al llegar aquí, el director del centro de menores me dijo que nada de banderas piratas. Y, sin embargo, ahora es el símbolo del equipo y está por todas partes.

Laoi Chai San señaló la enorme bandera que ondeaba sobre el campo de fútbol, a lo lejos, orgullosa.

—Me alegro mucho por ti, de verdad —dije—. ¿Es verdad que incendiaste tu colegio? ¿Y que has robado un banco?

Ella se rio al escuchar la pregunta.

—Seguro que lo del banco lo viste en las noticias —dijo—. El famoso asalto al Banco Redondo.

—¡Ostras, es verdad! ¡El Banco Redondo está aquí al lado, en la sierra! —exclamé—. Dijeron que una niña se metió por un túnel muy estrecho y se llevó un montón de dinero y... ¿Fuiste tú de verdad?

Cada segundo que permanecía a solas con ella, me iba poniendo más nervioso. Por un lado, Laoi Chai San me daba un poco de miedo. Pero, por otro, me caía muy bien. No puedo explicarlo. Era muy extraño.

Además, una niña que había robado un banco tenía que ser muy especial.

—No fue nada del otro mundo —dijo, quitándose importancia—. Lástima que al final me pillaron cuando huía...

Las imágenes del robo me vinieron a la cabeza. Las había visto en televisión y en internet un montón de veces.

—¿Pero el robo al Banco Redondo lo hiciste tú sola? ¿Cómo cavaste el túnel? ¿Es cierto eso que dijeron en las noticias de que tienes enterrado el botín en algún sitio? —pregunté.

Ella volvió a reírse.

—No hagas tantas preguntas —respondió con mucha tranquilidad—. Ya te lo contaré algún día. El caso es que quiero que tú y yo seamos amigos. ¿Quieres ser mi amigo, Pakete?

Eso sí que no me lo esperaba.

Desde luego, prefería ser su amigo que su enemigo.

Además, me había salvado y se había portado muy bien conmigo.

Y era una ladrona famosa.

Y a lo mejor podía enseñarme a hacer túneles. Aunque yo no quería robar ningún banco. Pero siempre estaba bien aprender cosas nuevas.

—Yo sí. Claro, si tú quieres... —dije titubeando—. Aunque todavía no nos conocemos mucho, la verdad. A lo mejor hay que dar un poco de tiempo...

—¿Quieres ser mi amigo, sí o no? —me cortó impaciente.

Observé su ojo verde mirándome, esperando una respuesta.

—Sí —contesté.

—Me alegro. Tener amigos es lo mejor del mundo —dijo sonriendo.

—Es estupendo —añadí yo, que no entendía por qué me había elegido a mí—. Te quiero dar las gracias otra vez por haberme ayudado antes...

—No hace falta que me des las gracias —dijo ella—. Yo te he hecho a ti un favor. Y ahora quiero que tú me hagas a mí otro favor.

—¿Qué clase de favor? –pregunté.

—Nada, es una cosilla sin importancia. Lo vas a hacer, ¿verdad?

No sabía de qué se trataba, pero le debía un favor, y lo iba a cumplir.

—Claro –dije.

—¿Lo prometes?

Respondí:

—Lo prometo.

Fue una respuesta sin pensar.

¿Qué otra cosa podía decir?

Aun así, ella volvió a preguntármelo.

—Sea lo que sea el favor que te pida, ¿prometes que lo harás?

Con tanta insistencia, me entró un poco de miedo.

A lo mejor me pedía algo muy difícil.

Pero, al fin y al cabo, ya lo había prometido una vez.

No iba a echarme atrás.

Así que en ese momento.

Junto al módulo Z.

Repetí:

—Lo prometo.

Sin saber que aquella promesa lo iba a cambiar todo.

Dos funcionarios vestidos de gris pasaron a lo lejos.

Eran los guardias de seguridad del centro de menores.

Los vimos alejarse hacia otro de los pabellones.

Después, Laoi Chai San se acercó mucho a mí.

Y susurró:

—Te lo voy a decir sin rodeos: necesito que hagas una copia de los planos del centro de menores y me los traigas. Es muy importante para mí.

¿¡QUÉ!?

¿¡LOS PLANOS DEL CENTRO DE MENORES!?

¿Pero cómo se le ocurría algo así?

—Esto... Perdona que te lo pregunte —dije—. Es que no lo he entendido muy bien... ¿De qué planos estamos hablando?

—Pues de los planos de este centro, de Los Justos —respondió con toda tranquilidad—. Son unos planos muy completos que incluyen todo: los pasillos interiores y exteriores, las puertas, las verjas, los túneles de ventilación, el alcantarillado... Yo qué sé. Todo.

—Pero eso es imposible. ¿Cómo voy a conseguir yo algo así?

—Muy sencillo: tu padre es policía y tiene acceso a los ordenadores del centro de menores.

—¿Mi padre?

A cada momento, la cosa se iba poniendo peor.

¿Cómo sabía ella que mi padre era policía?

¿Qué estaba ocurriendo?

–La policía tiene los códigos de acceso a los ordenadores –continuó ella–. Lo he comprobado y sé que en los archivos informáticos están todos los planos. Solamente hacen falta esos códigos de acceso. Así que la cosa es muy fácil: se los robas a tu padre y asunto arreglado.

Ahora sí que me había quedado mudo.

La niña más peligrosa del país quería que yo robara unos códigos y unos planos secretos a la policía.

O sea, a mi padre.

De acuerdo: yo le había prometido que le haría un favor.

Incluso lo había prometido dos veces.

¡Pero lo había hecho antes de saber qué me iba a pedir!

Y además, que una cosa era hacerle un favor a alguien, y otra muy distinta... ¡convertirme en un ladrón!

Por mucho que me hubiera ayudado, y por mucho que yo hubiera hecho una promesa, aquello no tenía sentido.

Tenía que plantarme.

Decirle que no pensaba hacerlo.

Que no me daba ningún miedo.

Que yo no era esa clase de persona.

Que no iba a robar nada a mi padre.

—Entonces, ¿me vas a hacer ese favor o no? —preguntó, un poco impaciente.

Se ajustó el parche en el ojo.

Una duda me vino a la cabeza: ¿qué podría pasar si le decía que no?

Al fin y al cabo, estaba encerrada en un centro de menores, una cárcel, como decía mi madre. Si yo me negaba, no podría hacerme nada.

¿O sí?

Un escalofrío recorrió mi cuerpo.

Por otra parte, le debía un favor. Eso era cierto.

Y se lo había prometido.

¡Qué lío!

No tenía ni idea de qué contestar.

Abrí la boca y dije:

—Lo puedo intentar, pero no sé si lo conseguiré...

—Eso está muy bien, Pakete. Si lo intentas, seguro que lo consigues.

—Pero...

—Pero nada. Cuento con los planos —zanjó—. Venga, anda, vamos al campo, que va a empezar enseguida el partido.

Se puso en marcha.

Yo la seguí.

Cuando me dijeron que iba a jugar un partido amistoso aquel domingo, no pensé que me haría amigo de la mayor criminal infantil de España.

Mientras caminábamos, dijo:

—Ah, tres cosas para terminar. Lo primero: no le cuentes lo de los planos absolutamente a nadie. Ni a tu familia ni a tus amigos. A nadie. Eso es entre tú y yo.

—No te preocupes. No diré nada.

—Lo segundo: tienes hasta mañana a las nueve de la noche para conseguirlos y traérmelos.

—¿¡Mañana!? —pregunté, desconcertado.

Era una locura.

¿Cómo iba a robar los planos para mañana?

—A las nueve como muy tarde. Es cuando acaba el horario de visitas —repitió—. Y lo tercero: si no me los traes antes de que cierren la verja del centro, me pondré muy triste. Y cuando me pongo triste, hago cosas feas. Te lo advierto. De ti depende.

Era totalmente imposible.

No había tiempo.

No quería hacer algo así.

No quería robar unos códigos secretos a mi padre.

No quería darle los planos de Los Justos a una interna peligrosa. Podría utilizarlos para escapar o para cualquier otra cosa.

Y aunque quisiera, desde luego... no sabía cómo hacerlo.

—Recuerda las tres normas del buen pirata —dijo.

–¿Tres normas? –pregunté.

–Sí, todos los piratas las conocen: «No miento. No me chivo. No me fío» –dijo.

De no robar un banco o no incendiar un colegio no decían nada esas normas.

–No miento, no me chivo, no me fío... –repetí.

–Muy bien –me cortó–. Ya casi eres un pirata, Pakete. No las olvides.

Si más, dio media vuelta y bajó corriendo hacia el campo de fútbol.

Vi que la estaba esperando Zlatan, con otros niños y niñas.

Chocaron las manos y se dirigieron todos juntos al campo entre risas.

Inmediatamente, empezó a sonar por los altavoces una música.

Una voz anunció que iba a comenzar la inauguración del campo de fútbol con un gran partido.

–¡Los Justos contra Soto Alto! ¡Un partido que hará época!

Caminé hacia mis compañeros.

Preocupado.

Nervioso.

Asustado.

Aquello no pintaba bien. Todo era un disparate. No sabía qué hacer.

Y por si fuera poco, ahora tenía que jugar un partido.

Un partido contra los internos del centro.

En cuanto llegué al campo, Camuñas se acercó a mí corriendo.

–¿Qué te ha dicho Laoi Chai San?

Lo pensé un momento.

Y respondí:

–No miento. No me chivo. Y no me fío.

6

—El fútbol es la mejor forma de integrar a los niños y las niñas con problemas —dijo Jerónimo Llorente.

El presidente de la Liga Intercentros estaba en el centro del campo, acompañado de otras personas.

Con un micrófono en la mano.

Dando un discurso de inauguración.

—Por eso, para mí es un privilegio dar la bienvenida a este nuevo equipo, en este maravilloso campo de fútbol —continuó—. Le paso la palabra ahora al director de Los Justos, mi amigo el comisario Al-Husayni.

Un hombre muy alto con un chándal rojo, que llevaba unas gafas de sol y el pelo peinado hacia atrás con gomina, cogió el micrófono.

—Muchas gracias, Jerónimo —dijo muy serio—. Bienvenidos todos. Sé que ha habido mucha polémica con la apertura de este centro de menores, pero les prometo que todo va a ir como la seda.

Se oyeron unos tímidos aplausos.

El hombre continuó hablando por el micrófono.

—Aquí no nos gustan los problemas. Nuestro lema es muy sencillo: «Jugar, luchar y ganar».

—Muy bonito lema —corroboró Llorente.

—Muchos de los niños y las niñas que están aquí tienen problemas de disciplina. Eso va a cambiar. Gracias al fútbol, van a tener una motivación extra y van a aprender el valor del trabajo en equipo. Van a tener algo que no habían tenido en su vida: un objetivo —siguió el hombre del chándal rojo—. Para el que no lo sepa, además de ser comisario y nuevo director del centro de menores, también soy el entrenador del equipo de fútbol de Los Justos. Prometo que este equipo va a dar mucho que hablar.

A continuación hizo un gesto, levantando la mano izquierda. De inmediato, los jugadores del equipo, entre ellos Chai San y Zlatan, alzaron diez banderas piratas, una por cada jugador.

El hombre del chándal rojo gritó:

—¿Quiénes somos?

Los jugadores respondieron con toda su alma:

—¡Los Justoooooooooos!

—¿Qué hacemos?

—¡Jugar, luchar, ganar!

—¿Por qué?

—Porque somos... ¡los piratas de Los Justooooooooos!

Y ondearon las diez banderas al viento, mientras seguían gritando:

—¡Justooooooooooos, Justooooooooooooos, a ganaaaaaaar!

Nosotros los observamos, asustados.

Estábamos junto a uno de los banquillos, con nuestros entrenadores. Alicia y Felipe parecían un poco nerviosos.

—¿Por qué no nos habíais dicho que íbamos a jugar un partido contra los internos del centro? —preguntó Helena.

—Bueno, es que tampoco sabíamos muy bien si iba a ser un partido o solo un entrenamiento —dijo Felipe, dudando.

—Además, solo es un partido amistoso —añadió Alicia.

—No parecen muy amistosos —dijo Tomeo mirando a nuestros rivales con sus equipaciones rojas, que seguían pegando gritos, dándose golpes con la mano en el pecho y moviendo las banderas.

—No hay que tener miedo: son niños y niñas igual que vosotros —trató de animarnos Felipe.

—Igual tampoco —intervino Camuñas—. Ellos están en la cárcel por haber cometido un montón de delitos.

—Que no es una cárcel —le corrigió Anita.

—Como si lo fuera —dijo ahora Toni—. Son unos matones de tres al cuarto, no un equipo de fútbol. Vamos a ganarles.

—No digas eso de matones, que es muy feo —dijo Alicia.

—Pero si es la verdad: son unos matones... Incluso nos han amenazado —insistió Toni.

—¿Os han amenazado? —le preguntó Alicia, asombrada.

Toni nos miró de reojo, esperando a ver si le apoyábamos. En parte tenía razón: nos habían amenazado.

—A ver, hace un momento —prosiguió Toni— nos han dicho que nos iban a pegar una paliza, y que no se referían al fútbol solamente.

—Eso es verdad —añadió Marilyn—, pero yo creo que no hay que darle demasiada importancia.

—Son cosas que se dicen —intervino Helena.

—Esto no va a quedar así —dijo Alicia—. Nadie amenaza al Soto Alto y se queda tan tranquilo.

La entrenadora se dirigió con paso firme hacia el centro del campo, seguida de Felipe, que se rascaba la barba y parecía preocupado.

—Alicia, cuenta hasta diez, que te pierdes —le dijo.

Pero ya no había forma de pararla.

Iba lanzada.

Que yo sepa, somos el único equipo del mundo que tiene una pareja de entrenadores. Y además, Felipe y Alicia están casados. Hicieron una boda muy chula en una isla aprovechando que fuimos a jugar un torneo.

—Mira la que has liado —le dijo Marilyn a Toni.

—Yo no he liado nada —respondió Toni—. Solo he dicho la verdad.

—Ahora, seguro que discuten y se monta una gordísima —dijo Helena.

Alicia se encaró con el entrenador de Los Justos.

—¡Esto es intolerable! —dijo ella—. ¡Sus jugadores han amenazado a los míos antes de empezar el partido, comisario! ¡Es inadmisible!

Al-Husayni la miró de arriba abajo.

Se acercó a Alicia.

Le cogió la mano derecha. Hizo un gesto con la cabeza. Y le dio un beso en la mano.

—Encantado, señorita —dijo sonriendo—. Usted debe ser la famosa entrenadora del Soto Alto. Estaba deseando conocerla. He oído hablar mucho de usted.

Alicia se quedó desconcertada.

–¿Ah, sí?

–Sí, sí, muchísimo –insistió Al-Husayni, que seguía sosteniéndole la mano–. Ha hecho cosas increíbles con su equipo, todo el mundo lo sabe. Es un privilegio enfrentarme a usted. Llevaba mucho tiempo esperando este momento.

–Bueno, yo tampoco... Quiero decir que no es para tanto. Yo solo cumplo con mi trabajo lo mejor que puedo –respondió Alicia, que de pronto parecía encantada–. ¿De verdad ha oído hablar de mí? Qué cosas. Ja, ja, ja.

Se quedaron allí mirándose, en el centro del campo.

–Pues no parece que se vaya a montar una gordísima –murmuró Toni.

Hasta que al fin intervino Felipe, que no parecía muy contento con aquella situación.

—Encantado yo también, señor comisario Huseín —dijo, poniéndose en medio de los dos y separándoles las manos—. Yo soy Felipe, entrenador del Soto Alto y también marido de Alicia.

—Mucho gusto —respondió seco, sin mirarle siquiera—. Por cierto, se pronuncia Al-Husayni. Es un nombre de Ceuta, mi ciudad de origen.

Se giró de espaldas a nuestro entrenador y dio una palmada muy sonora con ambas manos.

Como si estuvieran esperando esa señal, Laoi Chai San y los demás jugadores entraron al campo todos a un tiempo.

—¿Quiénes somos?

—¡Los Justooooooooooos!

—¿Qué hacemos?

—¡Jugar, luchar, ganar!

—¿Por qué?

—Porque somos... ¡los piratas de Los Justooooooooooos!

Eran un poco repetitivos, pero la verdad es que asustaba verlos allí pegando gritos y moviéndose de un lado a otro con las banderas piratas.

—¿Y si nos vamos a casa y dejamos el partido para otro día? —preguntó Angustias.

Helena sacó de centro.

Le pasó el balón a Toni.

En cuanto recibió, se giró para encarar el campo contrario.

No pudo hacerlo.

Dos niños del equipo de Los Justos se lanzaron a por él como dos balas, con los pies por delante.

Uno era Zlatan.

El otro, un chico muy corpulento que llevaba el número cinco en la camiseta.

Le hicieron una entrada terrible.

Le golpearon en el tobillo con los dos pies al mismo tiempo.

Toni cayó al suelo gritando de dolor.

–¡Aaaaaaaaaaaaaaaaaaaaaaaag!

Tuvieron que sacarle del campo y llevárselo al banquillo.

Iba cojeando.

Solo llevábamos diez segundos de partido y ya habían lesionado a un jugador.

Miré hacia la esquina del campo, donde ondeaba la enorme bandera pirata que habíamos visto al llegar.

Pensé que aquello no tenía buena pinta.

Efectivamente, cada vez que cogíamos el balón, nos daban un empujón.

O una zancadilla.

O un golpe con el hombro.

O una entrada por detrás.

Durante la primera parte del partido, estuvimos todo el tiempo en el suelo.

Tomeo cogía el balón para intentar despejar, ZAS, un rival se tiraba encima y le pegaba un tremendo empujón.

Angustias intentaba subir por el lateral, ZAS, una zancadilla y al suelo.

Helena controlaba el balón y regateaba a un jugador, ZAS, entrada por detrás.

Ocho saltaba para rematar de cabeza, ZAS, se lo llevaban por delante.

—¡Árbitro, es una vergüenza, nos están masacrando! —dijo Marilyn, indignada.

El árbitro, que era un chico con unas gafas enormes atadas con una goma, hizo sonar el silbato y...

¡Le sacó tarjeta amarilla a nuestra capitana!

—Tarjeta amarilla por protestar —dijo muy serio.

Increíble.

—¡Encima nos sacan tarjeta a nosotros! —saltó Helena, que siempre era muy tranquila, pero que aquel día incluso ella estaba muy enfadada—. ¿Estás ciego, árbitro?

El árbitro se ajustó las gafas y le sacó tarjeta también a Helena.

—¡Atrás, retírense! —dijo el árbitro, haciendo un gesto para que nadie más se acercara a él.

En el banquillo, Felipe pegó un salto, indignado.

—¿Es que no vas a decir nada? —preguntó Felipe mirando a Alicia.

—Es mejor no protestar, Felipe, que ya ves lo que pasa —respondió ella.

Al-Husayni saludó con la mano a Alicia desde su banquillo.

—Está siendo un partido muy disputado, ¿verdad? —dijo el entrenador de Los Justos, muy amable.

—Sí, sí, muy emocionante —contestó Alicia.

—Estoy aprendiendo mucho de tus tácticas. Es un placer —siguió diciendo el comisario, haciéndose el simpático.

–Ah, muchas gracias –le dijo nuestra entrenadora–. Yo también aprendo, no te creas.

Al escuchar aquello, Felipe estalló y entró al campo, gritando al árbitro como un poseso:

–¡Arbitrucho, o haces algo o nos van a lesionar al equipo entero!

El chico de las gafas enormes no podía creer que el entrenador hubiera entrado al terreno de juego.

Sin dudarlo, sacó una tarjeta del bolsillo y se la mostró a Felipe.

–¡Tarjeta roja! ¡Expulsado!

Había echado a nuestro entrenador.

–¿A mí? ¿Llevan todo el partido dando patadas y me expulsas a mí? –preguntó Felipe, muy exaltado.

–Tranquilo, cariño –intervino Alicia–, que es un partido amistoso y tenemos que dar ejemplo a los niños.

El entrenador se volvió hacia ella, fuera de sí.

–Ejemplo dices... Pues aplícate el cuento, que mucha sonrisita y mucha tontería, pero creo que se te ha olvidado que eres la entrenadora del Soto Alto –dijo.

Y se fue hacia el vestuario.

Caminando muy digno.

–Conste que me voy, pero que esto es una injusticia –siguió protestando mientras se alejaba–. Y que alguien me diga por dónde se va a los vestuarios, que este campo no lo conozco de nada.

Una empleada de seguridad con uniforme gris le indicó por dónde se bajaba al vestuario, y Felipe se fue hablando solo.

Primero nos daban patadas y golpes.

Después nos sacaban tarjetas a medio equipo.

Y para colmo, expulsaban a Felipe.

Aquello no tenía muy buena pinta.

–Parece que tu entrenador está un poco enfadado –dijo alguien detrás de mí.

Me di la vuelta y allí estaba Laoi Chai San.

A mi lado.

Sonriendo.

Con su equipación roja.

Y su parche negro.

–Ya, bueno, no sé... Pero es que a lo mejor estáis jugando un poco fuerte, yo creo –dije.

–¿Fuerte? –preguntó ella, extrañada.

–Un poquito –dije.

–Todavía no has visto nada, Pakete.

No quería pensar de lo que serían capaces.

Sin esperar más, el árbitro pitó y se reanudó el partido.

Quedaba muy poco tiempo para acabar la primera parte.

Entre golpes, faltas, protestas y patadas, apenas habíamos podido jugar.

Ellos tampoco habían creado ninguna ocasión de gol. Estaban más preocupados de destruir nuestro juego que de marcar.

Seguíamos empate a cero.

Helena llevaba el balón controlado.

Zlatan se fue directo a por ella.

Al llegar a su altura, la empujó con las dos manos descaradamente...

Pero Helena aguantó, frenó en seco, y el niño de las pecas cayó rodando por su propio impulso.

Justo delante de ella.

¡Zlatan había caído de bruces!

Por una vez, era uno de ellos el que caía al suelo.

Helena dio un salto y pasó con la pelota por encima de él.

Desde el suelo, el chico murmuró:

—Ya te pillaré.

—Ahí te quedas, chavalín —le contestó ella.

Helena siguió adelante, levantó la cabeza y me gritó:

—¡A la banda, Pakete!

Y me hizo un gesto para que yo me desmarcara.

Rápidamente, corrí hacia la derecha, muy pegado a la línea de banda.

Ella me dio un pase en largo.

Atrapé el balón a la primera.

Alicia me aplaudió desde el banquillo.

—¡Vamos, Pakete, tú puedes!

Era mi oportunidad.

Levanté la mirada y vi el reloj del campo.

Casi no quedaba tiempo: menos de un minuto para terminar la primera parte.

Tenía que avanzar.

Seguir adelante con el balón.

Si llegaba hasta el fondo, podría mandar un pase al área.

Allí vi que mis compañeros Helena, Angustias y Marilyn llegaban corriendo.

Preparados para rematar.

Era nuestra primera ocasión en todo el partido.

Tenía que conseguirlo.

PUEDO LANZAR UN BUEN PASE, Y QUE UNO DE MIS COMPAÑEROS REMATE DE CABEZA.

ESCUCHO LOS GRITOS A MI ALREDEDOR.

ME CONCENTRO. YA CASI ESTOY A PUNTO DE REMATAR.

Y EN ESE MOMENTO...

ZAS

HE RECIBIDO UN TREMENDO IMPACTO
EN MI PIERNA IZQUIERDA.

CAIGO AL SUELO,
DESPLOMADO.

LEVANTO LA CABEZA Y VEO AL FIN
QUIÉN ME HA HECHO ESA TERRIBLE
ENTRADA POR DETRÁS.

NO PUEDE SER OTRA:
LA CAPITANA DE LOS JUSTOS,
ALMUDENA GARCÍA,
MÁS CONOCIDA COMO
LAOI CHAI SAN.

¡NO TE MUEVAS, PAKETE! ¡MADRE MÍA, QUÉ ENTRADA!

LAOI CHAI SAN SE AGACHA.
SE PONE MUY CERCA DE MÍ.
TAL VEZ ME VA A PEDIR DISCULPAS.
TAL VEZ ME VA A PREGUNTAR
SI ESTOY BIEN.

PERO EN LUGAR DE ESO, ABRE LA BOCA Y DICE:

MAÑANA A LAS NUEVE. NO OLVIDES TU PROMESA.

Durante el descanso, el vestuario parecía una enfermería.

Casi todos los jugadores del equipo habíamos recibido golpes, agarrones y empujones. En las piernas. En la espalda. En un costado. En los brazos. Por todas partes.

Estábamos tirados sobre los bancos de madera, intentando recuperarnos.

—A mí también me duele... la cabeza —dijo Camuñas, que además de ser mi mejor amigo, es el portero del equipo.

—Pero si a ti no te han tocado —le reprochó Marilyn—. No han entrado en el área ni una vez en todo el partido.

—Ya, ya, pero he sufrido mucho al ver cómo os zurraban a vosotros —replicó Camuñas.

Yo me había descalzado y Alicia me estaba aplicando un pequeño masaje en el tobillo, poniéndome una de esas cremas que te dan calor.

–Chicos, hay que recuperar el espíritu de equipo –dijo Alicia mientras me ponía la crema–. Tenemos que salir al campo y olvidarnos de las patadas y los golpes. Tenemos que jugar al fútbol.

–Yo de las patadas no me puedo olvidar, ya os lo digo –advirtió Angustias.

–Ni yo tampoco –dijo Tomeo señalando un moratón que tenía encima de la rodilla.

–Ni yo.

–Ni yo.

–Lo que quiero decir –explicó Alicia– es que han conseguido desde el principio que esto sea una batalla campal. Ahora nosotros tenemos que conseguir que sea un partido de fútbol.

–¿Y eso cómo se hace?

Alicia iba a responder:

–Pues muy sencillo. Lo que tenemos que hacer...

En ese momento, Felipe entró por la puerta del vestuario.

–¿Dónde estabais, si se puede saber? –preguntó nuestro entrenador, que parecía un poco despistado.

–¿Dónde vamos a estar? Aquí, en el vestuario –contestó Alicia–. Y tú, ¿dónde te habías metido?

–He estado por ahí... Dando una vuelta por las instalaciones... y pensando un poco en todo...

–Vamos, que te has perdido.

—Pues sí, me he perdido —reconoció Felipe—. ¿Es que no tengo derecho a perderme? ¿Puedo o no puedo perderme?

—Sí, sí, claro —dijo Alicia—. Puedes perderte, y puedes insultar al árbitro para que te echen, y puedes hacer lo que te dé la gana.

—¡Oye, que no he sido yo el que estaba ahí fuera poniendo sonrisitas mientras nos cosían a patadas! —dijo ahora Felipe, que cada vez estaba más enfadado—. ¡Que será comisario, pero es el entrenador rival, por favor!

—¡Yo no pongo sonrisitas a nadie! ¡Soy educada, que es muy diferente! —le soltó Alicia, subiendo el tono de voz—. ¿Lo entiendes o te hago un dibujo?

Los dos se quedaron mirándose, con cara de pocos amigos.

Parecía que iban a seguir discutiendo.

Estaban muy enfadados.

Yo levanté la mano.

–Perdón –dije, mirando a nuestra entrenadora–, ¿podrías soltarme el tobillo mientras discutís? Es que cada vez me aprietas con más fuerza.

–Disculpa, no me he dado cuenta –dijo ella, soltando–, pero es que algunas personas me sacan de mis casillas.

Uf, menos mal que soltó mi tobillo. Porque cuanto más peleaban, más me apretaba el pie.

–¿Lo ves? –aprovechó para decir Felipe–. Les haces daño, Alicia, igual que a mí. No te darás cuenta, pero haces daño a los demás.

–¿Ah, sí? Pues mira, ya no le voy a hacer daño a nadie –dijo, levantándose–. Ahí te dejo al equipo para ti solito, entrenador.

Nada más decir eso, se puso en pie y salió del vestuario.

–Oye, a mí no me dejes con la palabra en la boca –dijo Felipe–. Alicia, escucha... ¡No te vayas así, tenemos que hablar...!

Y Felipe también se fue detrás de ella.

–¡Alicia, espera, por favor!

Nos quedamos solos en el vestuario.

Mirándonos los unos a los otros, desconcertados.

–¿Y ahora qué hacemos? –preguntó Tomeo.

–Yo voto por irnos a casa –dijo Angustias.

–No podemos irnos y dejar el partido a medias –dijo Marilyn.

–Es un partido amistoso. Tampoco pasa nada si no jugamos la segunda parte –dijo Ocho.

–¿Tú también quieres irte?

–Es que me han pegado dos patadas que casi no puedo ni caminar –se excusó Ocho.

–Yo no me voy a ninguna parte –exclamó Toni–. Somos los Futbolísimos, y a mí esos piratas de pacotilla, o como se llamen, no me dan miedo.

–Pues a mí sí –volvió a decir Angustias.

–Y a mí –dijo Tomeo.

–A mí un poco también –reconoció Anita.

Se montó una buena discusión entre los que pensaban que era mejor abandonar y marcharse, y los que decían que un partido no se podía dejar a medias de ninguna manera.

Nosotros nueve teníamos un pacto secreto.

El pacto de los Futbolísimos: hemos prometido jugar siempre juntos y ayudarnos los unos a los otros, pase lo que pase. Es un pacto que hicimos una vez que el equipo estuvo a punto de desaparecer. Después de aquello, hemos jugado muchos partidos y muchos torneos y hemos resuelto muchos misterios.

Pero nunca nos habíamos enfrentado a una situación como esta: abandonar un partido antes de terminarlo.

–Votemos –zanjó Helena con hache.

–Por mucho que votemos, no me vais a convencer de que me vaya a ningún sitio. Yo voy a jugar la segunda parte y se acabó –dijo Toni.

–Tú harás lo que decida la mayoría –le dijo Marilyn.

–Conmigo no vayas de capitana –le respondió Toni.

–No voy de capitana, es que soy la capitana –soltó Marilyn–. Por cierto, para tu información, yo voy a votar lo mismo que tú: que nos quedemos a jugar.

–Entonces, si estamos de acuerdo, ¿por qué discutimos?

–No tengo ni idea.

–Pues eso.

–Pues ya está.

–Pues vale.

Marilyn y Toni estaban de acuerdo y, aun así, seguían hablándose mal. Hay cosas que no entiendo.

–Bueno, venga, votemos de una vez –replicó Helena–. A ver, los que voten a favor de seguir jugando la segunda parte, que levanten la mano.

Toni y Marilyn levantaron sus manos enseguida.

Camuñas también levantó la mano.

Y la propia Helena.

—¿Alguien más?

Los demás no nos movimos.

—Y ahora, que levanten la mano los que quieran irse y no seguir jugando —dijo.

Angustias fue el primero en levantarla.

Tomeo, Ocho y Anita hicieron lo mismo.

—Cobardes —murmuró Toni.

—Oye, no te pases, que aquí cada uno puede votar lo que quiera —le respondió Anita.

—Además, que esto no tiene nada que ver con ser cobardes —explicó Tomeo—. Es una cuestión de juego limpio. Si ellos se dedican a dar golpes, nosotros nos vamos y punto.

—No discutáis —dijo Marilyn—. De momento hay empate a cuatro votos.

Todos se giraron hacia mí.

Yo permanecía con el tobillo al aire.

Sentado sobre el banco de madera.

Pensando qué debíamos hacer.

—Solo faltas tú, Pakete —anunció Helena.

—No me había dado cuenta —mentí, intentando ganar tiempo.

No sabía qué votar.

Por un lado estaba convencido de que Anita y Tomeo tenían toda la razón: ellos no jugaban limpio. Ni siquiera intentaban jugar, solo amenazarnos y darnos patadas y empujones.

Además, solo era un encuentro amistoso. No pasaría nada si nos íbamos.

Pero, por otra parte, dejar un partido a medias... no me parecía bien.

Éramos un equipo de fútbol.

Nos habíamos metido en muchos líos más graves y siempre habíamos conseguido salir adelante.

No podíamos rendirnos ahora.

¿Qué hacer?

—Hummmmm... Bueno, pues yo voto... —empecé a decir.

Entonces se oyó un ruido en la pared del vestuario.

Era un golpe seco.

Muy fuerte.

A continuación, más golpes.

Y más.

Todos miramos a la pared, asustados.

BUM.

BUM.

El ruido iba creciendo.

Como si algo o alguien estuviera golpeando la pared con todas sus fuerzas.

Fuimos retrocediendo.

La pared pareció moverse.

BUM.

BUM.

En medio de los golpes, se escuchó una voz:

–¿Quiénes somos?

–¡Los Justoooooooooos!

Y otro golpetazo aún más fuerte en la pared.

¡BUM!

–¿Qué hacemos?

–¡Jugar, luchar, ganar!

¡BUM!

–¿Por qué?

–Porque somos... ¡los piratas de Los Justoooooooooos!

¡BUM!

¡BUM!

¡BUM!

¿Se habían vuelto completamente locos?

¿Querían echar abajo la pared?

¿O solo era una estrategia para asustarnos?

Desde luego, si era una estrategia, lo habían conseguido.

Levanté la mano y dije:

–Voto que nos vayamos a casa.

10

El viaje de vuelta en tren fue mucho más tranquilo.

No jugamos al gol regateado.

No corrimos entre los vagones.

No tuvimos que esquivar bolsazos.

Simplemente permanecimos sentados, sin movernos.

–No puedo creer que votaras para irnos –me dijo Helena, que se había sentado a mi lado.

Estábamos en la última fila del vagón, un poco alejados del resto.

–¡Pero si estaban a punto de tirar la pared del vestuario! –protesté–. ¿Qué querías? ¿Que nos quedásemos a ver cómo nos machacaban?

–Es solo un partido de fútbol, no iba a pasar nada grave –argumentó ella–. Nunca habíamos hecho algo así: salir corriendo.

–Lo siento, es que... me entró miedo... y... no sé... Lo siento mucho.

Ella me miró con sus enormes ojos.

Creo que ya lo he dicho, pero, por si acaso, lo voy a repetir:

Helena con hache tiene los ojos más grandes y más bonitos de todo el colegio. Cada vez que me mira fijamente, me quedo paralizado y ya no sé qué más decir.

Es como si me hipnotizara.

Al verla allí, observándome, recordé una vez que nos dimos un beso en el campo de fútbol, a medianoche.

Me dio un beso muy rápido.

Y luego salió corriendo.

Muchas veces me acuerdo de aquel momento.

Pero no creo que ahora quisiera darme un beso.

–Estoy muy triste –dijo.

Y se dio la vuelta, dándome la espalda.

Pensé en decirle otra vez que lo sentía mucho. Que si pudiera volver atrás, votaría a favor de seguir jugando. Y que haría cualquier cosa que ella me pidiera, porque era mi amiga y porque me encantaba jugar al fútbol a su lado, y porque una vez me había dado un beso y nunca se me olvidaría.

Pensé todo eso, pero fui incapaz de decirlo.

En lugar de eso, dije:

–¿Has visto las vacas?

Helena se giró, sorprendida.

–¿De qué estás hablando ahora? –me preguntó.

–Las vacas –insistí, señalando por la ventanilla del tren–. Parece que nos están mirando.

Ella alzó la vista.

Efectivamente, en un prado muy verde había un montón de vacas, y todas miraban hacia nosotros.

Era muy curioso ver todas esas vacas observándonos al mismo tiempo.

Quizá el ruido de la locomotora les había llamado la atención.

O quizá era una casualidad.

El caso es que esas vacas parecían estar mirándonos fijamente.

Al verlas, Helena sonrió.

Le había hecho gracia. Puede que con las vacas se olvidara por un rato de lo que había pasado en el vestuario.

–Mira, mira –dijo–. Hay una que está saludando.

–¡Es verdad! –respondí.

Una de las vacas movía la cabeza y el rabo al mismo tiempo, sin dejar de mirarnos.

Nunca pensé que me alegraría tanto de ver unas vacas pastando. A veces, las cosas más sencillas son las mejores.

–Eres muy gracioso, Pakete –dijo Helena.

–Gracias –dije yo.

Hubiera preferido que me dijera que soy muy valiente, pero tampoco estaba mal.

El tren siguió adelante y, después de unos instantes, dejamos atrás el prado.

Por lo que se ve, no éramos los únicos que nos habíamos fijado en las vacas.

Felipe y Alicia aparecieron por el pasillo del vagón, riéndose.

—¡Eran casi cien vacas!

—¡O más!

Parecían haber olvidado sus discusiones. A lo mejor también había sido gracias a las vacas.

—¿Has visto esa que nos saludaba? —dijo Felipe, moviendo la cabeza como si estuviera imitando a la vaca—. Anda que...

Los dos se rieron.

Entonces sonó su teléfono móvil y él contestó, despreocupado:

—¿Muuuuuu? —respondió al teléfono—. Perdón, era una broma... Sí, es que había unas vacas... y... Perdón, perdón...

Poco a poco, el gesto de su cara fue cambiando de expresión, y comenzó a rascarse la barba.

—¿Quién es? —le preguntó Alicia en susurros.

Felipe le hizo un gesto con la mano para que esperase, mientras él escuchaba con atención lo que le decían desde el otro lado de la línea telefónica.

Dijo:

—Claro, claro... Ya, ya...

Y luego:

—Por supuesto... Entendido... Sí... Sí...

Helena y yo nos incorporamos sobre los asientos, mirándole atentamente. Algo pasaba. Felipe cada vez estaba más serio.

Fueron surgiendo los rostros del resto del equipo sobre los distintos asientos del vagón.

Anita y Marilyn.

Ocho y Angustias.

Tomeo y Camuñas.

Toni.

Todos le mirábamos mientras Felipe seguía con la oreja pegada al móvil y repetía:

–Claro, claro... Sí... Sí... De acuerdo.

Hasta que colgó el teléfono.

Estaba completamente blanco.

–¿Vas a explicarnos de una vez quién era?

–El presidente de la Liga Intercentros, Jerónimo Llorente –dijo desconcertado, como si aún no pudiera creerse lo que le había dicho.

–¿Y...?

Antes de responder, nuestro entrenador volvió a rascarse la barba una vez más, tratando de entender lo que había pasado.

Aquella no era una buena señal. Cuando Felipe se rascaba demasiado la barba, es que las cosas no iban bien.

Se apoyó en uno de los asientos.

Tomo aire.

Y por fin dijo:

—Los Justos han pedido que nos expulsen de la liga por abandonar un partido sin causa justificada.

—¿Qué?

—Han hecho una petición oficial para que nos expulsen y no podamos jugar la liga este año.

—¡Pero si era solo un partido amistoso! —protesté yo.

—Y además, que Los Justos no pertenece a la Liga Intercentros —dijo Marilyn, indignada.

—Precisamente —contestó Felipe—. Han pedido que nos expulsen y que les den a ellos nuestra plaza en la liga.

No me lo podía creer.

¿Nos iban a expulsar?

¿Íbamos a estar todo el año sin jugar al fútbol?

¿Los Justos iban a jugar en nuestro lugar?

Y todo...

¿Por mi culpa?

Alicia estaba boquiabierta.

Igual que los demás.

—¿Pero qué te ha dicho exactamente? —preguntó la entrenadora—. ¿Qué van a hacer?

—Me ha dicho que el comité de la liga se reunirá mañana lunes y tomarán una decisión.

–¡Camuñas se queda a dormir!

–¿Qué?

–¡Que Camuñas se queda a dormir!

–¿Qué dices? ¡No te oigo!

Mi madre estaba en el jardín pasando el cortacésped, que hacía un ruido insoportable.

RRRRRRRRRRRRRRRRRRRRRR...

Camuñas y yo mirábamos desde la puerta del garaje.

–¡Que digo que Camuñas se queda esta noche a dormir! –insistí haciendo gestos y señalando a mi amigo, que estaba a mi lado.

–¿Qué?

Podríamos haber estado así todo el día.

Mi madre no tenía ninguna intención de apagar el cortacésped.

Estaba entregada a su tarea.

Parecía disfrutar.

A medida que avanzaba, la hierba cortada iba saliendo por la parte de atrás de la máquina a gran velocidad.

RRRRRRRRRRRRRRRRRRRRRRRR...

Me encogí de hombros.

Era imposible que mi madre nos oyera.

–¡Ya te lo explicaré luego, mamá! –dije sin esforzarme en gritar.

–¿Qué? –preguntó ella una vez más, agarrada al cortacésped como si fuera su máquina favorita de todos los tiempos.

–No oye nada –me dijo Camuñas.

–Nada de nada, ya lo ves –respondí.

–¿Te importa si le digo una cosa a tu madre? –me preguntó mi amigo.

–¿A qué te refieres? –le dije, sin entender.

–Ahora verás –dijo.

Camuñas levantó la mano, haciendo señas a mi madre.

Y exclamó:

–¡Hola, señora Juana! ¡Pakete y yo nos vamos a quedar hoy a dormir juntos para robar los códigos de la policía a su marido!

Me quedé de piedra.

De inmediato, me arrepentí de haberle contado lo de los planos y los códigos a mi amigo Camuñas.

Ya sé que Laoi Chai San me había advertido que no se lo contara a nadie. Pero si tenía que hacerlo, necesitaba ayuda. Yo solo no podría conseguirlo. Por eso lo había compartido con él.

Y ahora se lo soltaba a mi madre. Era un bocazas.

—¿Pero qué haces? —le pregunté en susurros, alarmado.

Sin embargo, mi madre no se había enterado de nada.

Nos miró sonriendo y gritó:

—¿Qué?

Camuñas se rio de su propia ocurrencia.

Y volvió a gritar:

—¡Que vamos a robar los códigos de la policía!

Por supuesto, mi madre contestó:

—¿¡Qué!?

Y siguió adelante con el cortacésped.

—¡Mola! —dijo Camuñas, que seguía riéndose.

Luego me miró y me dijo:

—Venga, dile algo tú también.

—¿Pero qué quieres que le diga?

—Cualquier cosa. No se va a enterar.

Entonces recordé una cosa. Era una tontería, pero fue lo primero que me vino a la cabeza.

–¡Mamá, el videojuego de la Play que le desapareció a Víctor... en realidad fui yo quien se lo quitó! –grité.

Mire atentamente a mi madre.

Ella nos sonrió de nuevo y preguntó:

–¿Qué?

–Me parto –dijo Camuñas.

Chocamos las manos y los dos nos reímos.

–¡Señora Juana, el curso pasado, Pakete y yo nos escapamos del colegio algunos días por la tarde para ir a los recreativos a jugar al futbolín!

–¿¡Qué!?

–¡Que no íbamos a clase para jugar al futbolín! ¡Y este año pensamos hacer lo mismo!

–¿¡Qué!?

Y más risas.

Eso de contarle a mi madre todas las cosas malas que habíamos hecho, y las que pensábamos hacer, era muy raro y muy divertido.

El cortacésped seguía adelante con la hierba.

RRRRRRRRRRRRRRRRRRRRRRRRRRRRR...

Entonces se me ocurrió otra más.

Algo que le había prometido a mi hermano que no diría a nadie.

Miré a mi madre y, justo cuando empecé a hablar, el ruido del cortacésped se detuvo de pronto.

Pero ya no pude parar.

Grité:

—¡Víctor tiene siete gatitos escondidos debajo de la cama!

Mis palabras se oyeron perfectamente en el jardín.

Tuve la sensación de que retumbaron por todas partes.

Puede que incluso las hubieran escuchado los vecinos.

Mi madre me miró desencajada.

—¿Qué tiene tu hermano debajo de la cama? —preguntó alarmada.

¿Por qué me pasaba esto a mí?

¿Por qué se tenía que parar el motor justo cuando yo iba a hablar?

¿Por qué le había hecho caso a Camuñas?

Tendría que haberme quedado con la boca cerrada.

La verdad es que mi hermano y una chica de su clase que se llamaba Lorena habían encontrado siete gatitos abandonados, los habían recogido y los escondían en el cuarto de Víctor.

Le había prometido a Víctor que no se lo contaría a nadie, y mucho menos a mi madre.

–Te lo repito por última vez: ¿qué tiene tu hermano escondido en su habitación? –me dijo ella, muy seria.

No tenía escapatoria.

–Pues... unos gatitos... Concretamente, son siete gatos... Pero no te preocupes, que son muy pequeños.

Mi madre soltó el cortacésped y se dirigió hacia la casa.

–¿Desde cuándo tiene ahí siete gatos?

–No lo sé. Creo que los rescató de la calle hace una semana, pero yo no sé nada –dije.

–Los gatos son muy limpios y se comen los insectos –trató de decir Camuñas.

–¿Y por qué me lo cuentas ahora de repente? –me preguntó mi madre.

–Pues...

No tenía ni idea de qué contestar. No podía reconocer que le estábamos tomando el pelo aprovechando el ruido del motor. Dudé un momento y dije:

–Te lo he contado porque yo nunca te oculto nada, mamá.

–Pamplinas –respondió ella.

Y paso a toda velocidad entre Camuñas y yo hacia el interior de la casa.

Enfiló las escaleras que subían hacia el piso de arriba y gritó:

–¡Víctooooooooor!

–¿Qué pasa, mamá? –respondió él desde su cuarto–. ¡Estoy en mi habitación estudiando con Lorena!

Lorena era una chica rubia que se había hecho famosa en el colegio porque se había teñido un mechón de pelo de color azul.

Mi hermano y ella se habían hecho muy amigos últimamente. Y ahora, encima, habían encontrado esos gatos y los cuidaban juntos.

–Ya, estudiando –exclamó mi madre–. ¡Ahora mismo lo vamos a ver!

Se le iba a caer el pelo a mi hermano.

Y luego la tomaría conmigo por haberme chivado. Aunque en realidad yo no me había chivado. Era muy difícil de explicar.

—¿De verdad que tu hermano tiene siete gatos escondidos? —me preguntó Camuñas, interesado.

Asentí moviendo la cabeza.

Era sábado por la tarde.

Estábamos en mi casa.

Y esa noche teníamos que cumplir una misión casi imposible: robar a mi padre los códigos de acceso al ordenador de Los Justos.

Cuando le conté a Camuñas lo que me había dicho Laoi Chai San, enseguida se ofreció a ayudarme.

—¿Dónde tendrá los códigos tu padre? —me preguntó.

—No lo sé —dije—. A lo mejor en la comisaría, o en su móvil, o...

Tuve una idea.

Ya sabía dónde los podría tener.

—¡En su despacho! —dije—. Allí guarda siempre todo. Mi padre es muy anticuado y dice que no se fía de los ordenadores.

—¿Y lo tiene todo metido en su despacho?

—Sí. Guarda todas las cosas en carpetas y archivadores —expliqué—. Nos tiene prohibido entrar, pero yo alguna vez los he visto.

—Pues esta noche tendremos que colarnos en ese despacho —dijo mi amigo.

Camuñas tenía razón.

Tendríamos que entrar en el despacho y registrar los archivadores.

–No será fácil –murmuré pensativo–. Ten en cuenta que mi padre es un policía de verdad. El año pasado le dieron una medalla por ser el mejor policía de toda la sierra. Va a ser una misión muy complicada. Mi padre se toma muy en serio todo lo que hace.

En ese momento se abrió la puerta de la cocina y apareció mi padre.

Vestido con un delantal de corazoncitos. Con un trapo atado a la cabeza. Y embadurnado de harina de arriba abajo.

Tenía las manos llenas de chocolate y de fresa.

–¡Juana! –gritó–. ¿Dónde está la gelatina, que no la veo por ninguna parte?

Desde el piso de arriba, mi madre respondió:

–¡Está en el armarito de la despensa, al lado de los garbanzos y las judías! ¡Y no me molestes, Emilio, que estoy teniendo unas palabras con tu hijo mayor!

–¡Gracias, cariño! –dijo mi padre–. ¡No seas muy dura con Víctor, que no sé lo que habrá hecho, pero tiene quince años y está en la edad de hacer el gamberro!

–¡Pamplinas! –contestó ella.

Y se pudo oír cómo mi madre cerraba la habitación de mi hermano de un portazo.

No me gustaría estar en la piel de Víctor.

Mi padre se giró y nos vio observándole.

–¿Y vosotros qué hacéis ahí, como dos pasmarotes?

–Nada –dije yo, disimulando.

–Aquí, pasando el rato –dijo Camuñas.

–Sí, pasar el rato.

–Eso es.

Se acercó a nosotros en plan misterioso.

–Esta noche va a pasar algo muy gordo –dijo.

–¿Ah, sí? –pregunté yo, preocupado.

Camuñas y yo nos miramos de reojo.

¿Sabría algo de lo que tramábamos?

Mi padre se giró a un lado y otro para asegurarse de que nadie más le escuchaba.

Se chupó el dedo índice.

Saboreó el chocolate.

Y dijo:

–Esta noche... voy a hacer mi famoso pastel con gelatina de naranja. Es una receta secreta que solo conocemos unas pocas personas en todo el mundo. ¿Qué? ¿Cómo os quedáis?

12

–¡Tachán!

Después de cenar, mi padre apareció en el salón con una bandeja sobre la que había un pastel enorme.

Mi madre, Víctor, Camuñas y yo le miramos.

–Yo quiero ración doble –dijo Camuñas, relamiéndose–, si puede ser.

–Ya veremos, jovencito –respondió mi padre haciéndose el interesante–. Este es un pastel muy especial, hay que ir poco a poco.

Dejó la bandeja sobre la mesa con mucho cuidado.

–El famosísimo pastel de chocolate y gelatina de naranja –anunció mi padre, mirándolo como si fuera una obra de arte–. Posiblemente, el mejor pastel de mundo.

La verdad es que tenía una pinta buenísima.

Se me estaba haciendo la boca agua.

Mi hermano cogió un plato y una cucharilla.

–Es una lástima –dijo mi madre–, pero Víctor no puede comer: está castigado.

–¡Mamá! –protestó mi hermano–. Si no he hecho nada; solamente, salvar a unos pobres animales inocentes que estaban abandonados en la calle. Lorena y yo hemos hecho una acción humanitaria.

–Ya lo hemos hablado, Víctor –dijo mi madre–. Lo siento, pero no puedes meter siete gatos en casa a escondidas. Las cosas no funcionan así.

–¡Es injusto! ¡Me quedo sin postre por ayudar a los gatos!

–Tu madre tiene toda la razón: por mucho que lo hayas hecho con buena intención, estás castigado –añadió mi padre ahora–. Aunque a lo mejor, bien pensado, podríamos hacer una excepción... y darle una pequeña porción de pastel a esos gatitos. Al fin y al cabo, ellos no tienen la culpa de nada.

–¡Yo se lo puedo subir! –exclamó enseguida mi hermano–. ¡Sí, por favor, por favor, por favor! ¡Mañana los llevaré a la asociación protectora de animales, lo prometo!

–¿Qué opinas, Juana? –preguntó mi padre.

Ella parecía dudar.

–No sé, no sé... Aunque, bien pensado, son tan pequeños esos gatitos, y tan monos, y tan cariñosos... Yo creo que les podemos subir un poco de leche y unos trocitos de pastel.

—¡Bieeeeeen! –exclamó Víctor, que se puso en pie de un salto.

Mi hermano mayor es un poco bruto, y ya he dicho que se pasa el día dándome collejas y metiéndose conmigo. Pero desde que había conocido a Lorena estaba cambiando. Y ahora, para colmo, se había encariñado con esos gatos, y cuando hablaba de ellos parecía otro.

—Yo subo contigo –dijo mi madre.

—Y yo, y yo –dijo enseguida mi padre–. Estoy deseando conocer a esos gatitos... ¿Os he contado alguna vez que de pequeño yo tenía un gato que se llamaba Miau?

—Mil veces, papá.

Mi padre siguió hablando de su gato Miau. Cortó sendos trozos de pastel para Camuñas y para mí, y se llevó el resto en la bandeja al piso de arriba.

—Les va a encantar –aseguró.

Le siguieron mi madre y Víctor, que llevaban unos tetrabriks de leche y también un poco de jamón de York.

—Les vuelve locos el jamón de York –dijo mi madre–. Son tan graciosos...

Al salir, mi hermano me pegó una colleja y me dijo al oído:

—No te creas que me he olvidado de ti, enano.

—Yo no he hecho nada –me defendí.

—Te estaré vigilando, chivato –me amenazó entre susurros.

Antes de que pudiera contestar, los tres habían salido del salón y nos dejaron allí solos.

Camuñas empezó a engullir su trozo de pastel, sin esperar ni un segundo.

–¿Subimos a ver los gatos? –pregunté.

Al escuchar eso, Camuñas casi se atraganta. Tenía la boca llena.

–Si no te importa, mejor subimos más tarde –dijo–. Además, tenemos que pensar en nuestro plan.

Camuñas tenía razón.

Lo más importante eran los códigos y los planos.

Mi amigo comía a dos carrillos, cogiendo los trozos de pastel con la cucharita todo lo deprisa que podía.

–¿Echamos un vistazo al despacho ahora, aprovechando que están arriba? –pregunté.

–¿Ahora?

–Es el mejor momento: están entretenidos con los gatos.

–Bueno –dijo él–. Oye, una cosa: ¿no te vas a comer tu trozo de pastel? Es que está buenísimo, y la gelatina la da un sabor muy especial. Tu padre es un crack.

–Luego me lo comeré. Vamos al despacho –respondí, decidido–. No hay tiempo que perder.

–Vaaaale –respondió, tragando el último pedazo de su pastel.

El despacho de mi padre está en la planta baja de la casa.

Como ya he dicho, nos tiene totalmente prohibido entrar en él.

Dice que allí guarda cosas muy importantes de su trabajo de policía y que no es un sitio para jugar ni para andar revolviendo.

Mientras cruzábamos el pasillo, pude oír ruidos y voces que venían del piso de arriba. Mis padres y mi hermano estaban con los gatos, les decían cosas, les daban el pastel con la leche. Parecía que no se lo estaban pasando tan mal, después de todo.

Camuñas y yo nos acercamos a la puerta del despacho, intentando no hacer ruido.

–Shhhhhhhhhhhhh –dije.

Él me hizo un gesto en silencio, levantando el dedo gordo.

Todo iba bien por el momento.

Puse la mano sobre el pomo dorado de la puerta. Era metálico y estaba frío.

Lo giré muy despacio.

Y...

La puerta se abrió.

Perfecto.

Empujé con mucho cuidado y nos asomamos al interior.

Apenas se veía nada. La luz estaba apagada.

Señalé el interruptor del pasillo y Camuñas lo pulsó.

Con la luz del pasillo encendida, se podía entrever algo. Al fondo estaba la mesa principal, llena de papeles y carpetas. A ambos lados, enormes estanterías repletas de más papeles y libros y muchas otras cosas que no se distinguían en la penumbra. No era un despacho muy grande, pero si queríamos registrarlo entero, nos llevaría un montón de tiempo.

–¿Y si no están aquí los códigos? –preguntó Camuñas.

—No lo sé –respondí–. ¿Tienes una idea mejor?

Él negó con la cabeza.

—Propongo que esperemos a que estén durmiendo, bajemos con las linternas y lo registremos todo –dije.

—Vale –corroboró él, que no parecía muy entusiasmado con la idea–. ¿En serio no te vas a comer tu trozo de pastel?

Cuando algo se le metía en la cabeza, Camuñas podía ser muy insistente.

—Escucha: lo importante es que esto no lo sepa nadie –dije–. Vamos a robar unos códigos a la policía. No puede enterarse absolutamente nadie. ¿Lo has entendido?

—Pues claro que lo he entendido. ¿Te crees que soy tonto?

—Por si acaso.

Me disponía a cerrar la puerta cuando, de pronto, oí un grito que venía del piso de arriba.

—¡Paketeeeeeeeeeeeeeeeeeeeee!

El que gritaba era mi padre.

Me giré a toda prisa y cerré la puerta.

¿Qué pasaría?

¿Por qué gritaba así?

¿Nos había pillado abriendo el despacho?

Nada de eso.

Era una cosa totalmente distinta.

Respondí:

—¿Qué pasa, papá?

–¡Corre, corre, que se escapan los gatos! –gritó ahora mi madre.

Camuñas y yo nos dirigimos hacia la escalera.

–¡Correeeeee, enano, que no se escapen! –gritó también mi hermano.

Al llegar al pie de la escalera, pude ver algo que no olvidaré en mi vida: siete gatitos pequeños, de color marrón y negro, bajando los escalones todos al mismo tiempo, dando saltos, corriendo, pegando brincos.

Iban directos hacia nosotros.

Camuñas se pegó a la pared y se agachó.

Yo intenté ponerme en medio para detenerlos.

Abrí los brazos y las piernas, como si así no fueran a pasar.

–¡Alto, mininos! ¡Stop he dicho! –grité.

Como es lógico, no me hicieron ni caso.

Los siete gatos fueron pasando a toda velocidad, uno detrás de otro.

Uno entre mis piernas.

Otro por la derecha.

Otro más por la izquierda.

Otro saltando.

No sé ni por dónde pasaron.

Los siete corrían que se las pelaban.

Estuve a punto de atrapar uno. Me lancé al suelo y le agarré por la cola, pero el gato pegó un maullido tremendo y le solté de inmediato.

Los siete se dirigieron hacia la cocina y desaparecieron de mi vista.

Cuando aún permanecía en el suelo, aparecieron mis padres y Víctor, que bajaban las escaleras corriendo detrás de los gatos.

–¿Pero por qué no los has cogido? –preguntó mi hermano.

–Lo he intentado, pero no he podido, te lo prometo –respondí desde el suelo.

–¡Eres un inútil, enano! –me dijo sin dejar de correr.

—Oye, que si se han escapado no es por mi culpa –protesté.

—¡Pues claro que es por tu culpa! ¡Si no te hubieras chivado...!

—¡Víctor! –gritó ahora mi madre–. ¡Deja de discutir con tu hermano y agarra a esos pobres gatitos!

—¡Ya voy! –respondió él–. Tengo que avisar a Lorena para contarle que se han escapado. Ella sabrá qué hacer.

—¡Cooooorre! ¡Si salen solos a la calle, se perderán! –exclamó mi padre, desolado–. ¡Son muy pequeños para estar solitos!

Por lo que se ve, toda la familia se había encariñado con los gatos.

—¿Pero por qué han salido corriendo así? –pregunté mientras me incorporaba.

—¡No lo sé! Estaban comiéndose el pastel y la leche tan a gusto y de pronto han salido disparados –explicó mi padre, desolado.

—¡Ha sido por culpa del pastel! ¡Los ha espantado! –dijo mi madre.

—¡No digas eso, Juana, que me duele! –pidió mi padre.

Los tres siguieron corriendo y desaparecieron por la cocina.

—¡Vamos, vamos, vamos, que aún podemos cogerlos! —animó mi madre.

Si no llegaban a tiempo, seguramente los gatos bajarían al garaje, saldrían al jardín y de allí a la calle, o al jardín de los vecinos, o a cualquier otro sitio. Lo más probable era que no volviéramos a verlos nunca más.

Me puse en pie y me quedé un momento allí, en mitad del pasillo.

Miré a Camuñas, que seguía junto a la pared, agachado, sin moverse.

—¿Se puede saber qué haces ahí?

—Pues, la verdad, no lo sé muy bien —dijo, levantando la cabeza—. ¿Ya se han ido? Es que a mí los gatos no te creas que me gustan demasiado.

Por la cara que puso, entendí lo que pasaba.

—¿Te dan miedo unos gatitos? —le pregunté, sorprendido.

—No digas eso ni en broma —replicó—. A mí no me da miedo nada, y mucho menos unos gatitos pequeños e indefensos.

—Ya, ya —dije sonriendo—. Por eso no me has ayudado a intentar pararlos y te has escondido.

—¡Que no me he escondido! —protestó—. Bueno, a lo mejor un poco sí, pero, por favor, no se lo cuentes a nadie en el colegio.

—Vaaaaaale.

Ya me estaba imaginando las bromas y las risas que habría si se enteraban en el equipo: ¡nuestro portero, el gran Camuñas, tenía pavor a los gatitos!

—¿Podemos volver al salón y comer el pastel tranquilamente? —preguntó.

—Yo voy a ver si se han escapado —dije, encaminándome hacia la cocina—. Tú escóndete y echa la llave, no vaya a ser que vuelvan y te ataquen; tenían una pinta terrible esos gatitos.

—Oye, no está bien reírse de los amigos —dijo.

Camuñas se quedó solo en el pasillo.

—¿Pues sabes lo que te digo? —exclamó—. Que ahora me voy a comer tu pastel, por listillo.

Y entró al salón, decidido.

La casa estaba en silencio.

No se oía nada.

Por el pasillo de la planta superior aparecieron dos haces de luz.

Eran dos linternas.

Camuñas y yo, con nuestros móviles, moviéndonos en la oscuridad.

—Como nos pillen, se nos va a caer el pelo —dije.

—Pues más vale que no nos pillen —respondió él.

Caminamos hacia las escaleras intentando no hacer ruido.

Teníamos que movernos sigilosamente, como dos fantasmas, sin que nadie nos escuchara...

Pero entonces se oyó un ruido tremendo:

¡CATAPLUM!

¡CATAPLAM!

¡PUM!

¡PAM!

Y... ¡CATAPLUM!

Camuñas había tropezado con una silla que había en el pasillo.

La silla cayó rodando por las escaleras y provocó un gran estruendo.

Los dos nos quedamos congelados, esperando que aparecieran mi padre o mi madre en cualquier momento y nos mandaran de nuevo a la cama.

Estuvimos así unos segundos.

Pero nada.

Ninguna puerta se abrió. Nadie se despertó preguntando qué había pasado. La casa seguía en completo silencio.

–Tu familia duerme como un tronco –musitó Camuñas.

–Haz el favor de tener cuidado –dije–. Y a ser posible, no tires más sillas por las escaleras.

–Lo intentaré.

Bajamos al piso principal.

Y llegamos hasta la puerta del despacho.

Me disponía a abrirla, cuando Camuñas me hizo un gesto y me dijo:

–Espera un segundo. Tengo una sorpresa.

Sin esperar a que le contestara, se dirigió a la puerta principal de la casa. No tenía ni idea de qué estaba haciendo. ¿Adónde iba ahora?

Camuñas me sonrió y abrió la puerta de la calle.

Allí estaban...

Marilyn, Helena, Tomeo, Anita, Ocho, Angustias y Toni.

¡El equipo del Soto Alto al completo!

–Sorpresa –dijo Camuñas.

–¿Pero qué hacéis aquí? –pregunté, con los ojos muy abiertos.

No podía creerme lo que estaba viendo.

–Hemos venido a ayudar –dijo Helena.

—Pase lo que pase, somos los Futbolísimos y siempre permaneceremos juntos —añadió Marilyn.

Los siete entraron en mi casa.

—Que conste que yo no quería venir —dijo Angustias.

—Bueno, a ver, ¿dónde está el despacho con los archivadores? —preguntó Toni.

Eso era demasiado.

Miré a Camuñas, muy enfadado:

—¿Les has contado todo?

—Era la única forma de que vinieran a ayudarnos —respondió, como si fuera lo más normal del mundo—. Los dos solos nunca

terminaríamos de registrar el despacho. He creado un segundo grupo de wasap, con todos menos contigo, se lo he contado y les he pedido ayuda.

–Como ha dicho Marilyn, somos los Futbolísimos –repitió Helena.

–Por cierto, yo en el primer grupo de wasap no estoy –dijo Tomeo–. ¿Alguien podría meterme, por favor?

–¡Pero si te fuiste tú del grupo! –protestó Toni.

–Fue sin querer.

–No podéis presentaros aquí de repente –intenté decir–. Mi padre me tiene prohibido entrar en su despacho, y si le revolvemos todo, se va a enfadar mucho.

Pero no me escucharon.

Sin más, siguieron a Camuñas hacia el despacho.

–No te preocupes, Pakete –dijo Helena–. Ya verás cómo todo sale bien.

–Oye, ¿y los códigos están ahí seguro? –preguntó Anita.

–¿Cómo los reconoceremos? –preguntó Ocho.

–No creo que en una carpeta ponga: «Aquí están los códigos secretos» –dijo Toni–. Tendremos que buscarlos.

–¿Te queda pastel? –preguntó Tomeo–. Dice Camuñas que está buenísimo.

–Tomeo, por favor, no es el momento de pastel. Estamos en medio de una misión muy importante –dijo Camuñas.

–Perdón –dijo él.

Pude escuchar cómo Camuñas le susurró:

—Creo que queda un trocito en la nevera. Luego nos acercamos a ver.

Aquello era un desastre. De pronto, en mitad de la noche, había nueve niños en mi casa, dispuestos a entrar en el despacho de mi padre y revolverlo todo.

—No hagáis ruido ni toquéis nada —dije muy serio.

—Si no tocamos nada, ¿cómo vamos a encontrar los códigos? —preguntó Ocho.

—Exacto —dijo Marilyn—. Además, Camuñas nos ha dicho que no sabemos seguro si están en el despacho. A lo mejor hay que subir al dormitorio de tu padre y registrar también su teléfono móvil... o incluso ir a la comisaría...

—¡No vamos a ir a la comisaría, ni vamos a subir al cuarto de mis padres, ni vamos a tocar su móvil, ni nada de nada! —dije, muy nervioso, viendo que aquello se me iba de las manos.

Todos me miraron a un tiempo y me dijeron:

—Shhhhhhhhhhhhhhhhhhhhhhhhhhhhh...

Ya que estábamos allí, no tenía más remedio que seguir.

Encendimos las nueve linternas y entramos en el despacho.

Nos dividimos por zonas.

Marilyn y Tomeo se encargaron de la estantería de la derecha.

Camuñas y Angustias, de la de la izquierda.

Toni, Ocho y Anita, de la mesa y de las carpetas que había por el suelo.

Helena y yo registramos los estantes que había junto a la ventana.

Parecíamos auténticos profesionales.

Bien organizados. Sigilosos. Centrados.

–¡Ahí va, mirad lo que he encontrado! –exclamó Tomeo–. ¡Un álbum de fotos del padre de Pakete cuando era joven y estaba en la academia de policía!

–Qué gracioso está, y con esas patillas –dijo Marilyn mirando las fotos por encima del hombro.

Traté de mantenerme tranquilo y de no perder los nervios.

–Os recuerdo que no estamos aquí para cotillear las cosas de mi padre –dije–, y que hay que dejar todo exactamente igual que estaba.

–Claro, claro... No te preocupes, si es solo un momentito –dijo Tomeo, que seguía pasando las páginas del álbum de fotos–.

Mira, aquí está subido a una moto de esas antiguas de la policía, y sin casco, ¡qué fuerte!

–Vaya ejemplo: la policía sin casco –dijo Anita.

–La moto está parada. A lo mejor solo subió para hacerse la foto –le justificó Marilyn.

–Aun así –insistió Anita–, yo creo que un policía debe dar siempre ejemplo.

Aquello no había sido buena idea.

Mis amigos estaban más interesados en revolverlo todo y en comentar cada cosa que encontraban que en hacer un verdadero registro.

No sé cuánto tiempo estuvimos allí, pero no había ni rastro de los códigos por ninguna parte.

—Oye, y si no le llevas los planos a Laoi Chai San —dijo Helena—, ¿qué pasará?

Me encogí de hombros.

—No lo sé —respondí.

—A lo mejor se lo deberías contar todo a tu padre —dijo Marilyn—, y así no tendrías que robar nada.

—Ella me dijo que no se lo podía contar a nadie —dije—, y parecía estar hablando muy en serio.

—Chai San es capaz de cualquier cosa —añadió Camuñas—. Es una criminal muy peligrosa.

—¡Y tú qué sabrás! —exclamó Toni—. Es una niña como otra cualquiera. A mí no me da ningún miedo.

—Pues a mí sí —dijo Angustias.

—Como otra cualquiera no —replicó Camuñas—. Te recuerdo que ha cometido ciento doce delitos y fue la que robó el Banco Redondo. No hay nadie como ella.

—¿Te contó dónde escondió el botín del robo? —preguntó Ocho—. En las noticias dicen que lo tiene guardado y que lo recuperará cuando salga.

—No me contó nada —dije.

—Pues vaya.

—A lo mejor quiere los planos para fugarse —apuntó Camuñas—. Yo creo que tiene el dinero escondido en un cofre secreto, como los piratas.

—Pues a mí me parece que es una fantasma. Seguro que no tiene guardado el botín en ninguna parte —repitió Toni.

—Estamos aquí para ayudar a Pakete, no para discutir —dijo Marilyn.

—¿Vamos ya a la nevera a ver si queda algo de pastel? —preguntó Tomeo.

—Así no hay manera —dijo Anita—. Si ya sabía yo que era una pérdida de tiempo todo esto.

—A la cocina no va a ir nadie —dije—. En cuanto registremos todo, os vais a casa antes de que nos descubran.

—A mí esto de escaparnos en mitad de la noche no me convence —aprovechó para decir Angustias—. Propongo que, a partir de ahora, siempre que tengamos que hacer una investigación, o cualquier cosa, quedemos a la luz del día.

—Pero, hombre, por el día no es lo mismo —dijo Camuñas—. Pierde su gracia y es menos emocionante.

—Ya, ya, será muy emocionante, pero mañana es lunes y tenemos colegio, y mira la hora que es —dijo Ocho.

—Los piratas, por ejemplo, siempre atacaban a la flota inglesa por la noche —continuó Camuñas, sin escucharle.

—¡Pero qué dices! —le corrigió Anita—. Los barcos piratas atacaban a cualquier hora del día, normalmente al amanecer, en cuanto salía el sol.

—Que no somos piratas, ni falta que nos hace —dijo Toni.

—¡Mira, mira lo que hay aquí! —exclamó Marilyn.

—¿Los códigos? —pregunté ansioso.

—No, no. Mucho mejor: son cartas de amor —dijo ella, como si fuera lo más interesante del mundo.

No me lo podía creer.

–¿De qué cartas estás hablando? –pregunté.

–Cartas entre tu madre y tu padre cuando eran novios –dijo ella, leyendo.

–¿Pero por qué las has abierto?

–Pues por si acaso estaban los códigos dentro... Nunca se sabe –siguió Marilyn–. Se dicen unas cosas superbonitas, me encanta.

–A ver, a ver –dijo Helena acercándose.

–¿Pero son cartas cartas? ¿Por qué no se escribían wasaps? –preguntó Camuñas sin entender–. Qué antiguos son tus padres, ¿no?

—En su época no había wasap –le corrigió Anita.

—Lo que yo digo: que son muy antiguos.

—A mí me parece muy romántico escribir cartas de amor –dijo Helena.

—Nos estamos desviando del tema completamente –dije–. Por favor, dejad las cartas y vamos a centrarnos un poco.

—¿Y cuál es el tema, espabilado? –preguntó Toni.

—Pues el tema es que tenemos que encontrar unos códigos secretos de la policía, no unas fotos o unas cartas, y es un tema que yo creo que se nos está olvidando un poquito.

—No pretenderás que nos colemos en el despacho de tu padre y que no lo revolvamos todo –dijo Tomeo.

—En eso tiene razón —dijo Camuñas.

—Huy, si llama «pichoncito» a tu padre, qué tierno —dijo sonriendo Marilyn, que seguía leyendo las cartas—. Y encima le pone un beso de pintalabios.

—Más cursi no se puede ser —murmuró Toni.

—¡Ya está bien! —dije estallando—. ¡Ahora mismo os vais de aquí todos! ¡Ya me las arreglaré yo solo!

Todos me miraron intentando comprender si hablaba en serio.

—Estás un poco nervioso, Pakete —dijo Tomeo—. Yo creo que si nos comemos un trozo de pastel, a lo mejor nos tranquilizamos.

Iba a responder que ni pastel ni cartas ni nada. Que se fueran a su casa de inmediato. Que se había terminado el registro.

Pero no pude abrir la boca.

Porque justo en ese preciso instante...

Se abrió la puerta y se encendió la luz.

Delante de nosotros apareció... mi padre.

Iba en pijama y parecía medio dormido.

Se frotó los ojos y nos miró como si estuviera viendo visiones.

—¿¡Se puede saber qué demonios está pasando aquí!? —preguntó levantando la voz.

Los nueve nos quedamos en silencio.

Como nadie respondía, mi padre me señaló y dijo:

—Pakete, explícame ahora mismo qué ocurre. ¿Qué hacéis en mi despacho en mitad de la noche?

Había entrado en el despacho sin su permiso.

Y no solo eso, sino que había entrado con todos mis amigos.

No quería contarle a mi padre lo de Laoi Chai San. Ni lo de los planos del centro de menores. Ni, mucho menos, que estábamos buscando los códigos de acceso de la policía. Si descubría todo eso, el castigo sería terrible.

Pero, dada la situación, no tenía más remedio que confesar.

Abrí la boca y dije:

–Perdona, papá. Es que.... A ver cómo te lo explico... Es por una cosa que ha pasado hoy en Los Justos...

Entonces, Camuñas se adelantó y dijo:

–¡Es porque nos van a expulsar de la Liga Intercentros!

–¿De qué hablas? –le preguntó mi padre, sin entender nada.

–Pues eso, que nos fuimos en el descanso del partido amistoso en Los Justos –siguió Camuñas–. Y ahora ellos quieren expulsarnos y quedarse con nuestro puesto en la liga, y es todo muy injusto y muy horrible. Ayyyyyyy...

Camuñas se lamentó, como si aquello le doliera mucho.

–¿Y por eso estáis en mi despacho a las doce y media de la noche? –preguntó mi padre, desconcertado.

–Muy buena pregunta –dijo Camuñas, y me miró a mí–. Continúa tú, Pakete, que yo estoy muy triste y no puedo ni hablar.

Yo no tenía ni idea de qué decir.

Traté de pensar algo sobre la marcha.

–Papá, nos hemos reunido aquí esta noche porque... porque... vamos a hacer una huelga si nos expulsan de la liga –dije,

improvisando–. Eso es: si mañana la Liga Intercentros decide expulsarnos, haremos una huelga en protesta.

–¿Ah, sí? –preguntó Angustias.

–Sí, sí –dije–, una huelga, porque no hemos hecho nada malo y nosotros tenemos nuestros derechos.

–¡Tenemos nuestros derechos! –dijo Camuñas.

–¡Y nadie nos los va a quitar así como así! –dije yo, mirando a mis compañeros.

Ellos me siguieron la corriente:

–¡Eso, nuestros derechos!

–¡A la huelga!

–¡Es una injusticia!

–Sigo sin entender por qué estáis en mi despacho a estas horas –insistió mi padre.

–Está clarísimo, papá... –continué–. Le paso la palabra a Marilyn, que, como capitana del equipo, te lo va a explicar.

Marilyn dio un respingo al oír su nombre.

Camuñas le dio un pequeño empujón para que hablara.

Ella se lo pensó unos segundos y al fin dijo:

–Señor Emilio, hemos quedado aquí porque es una reunión secreta, y no hay un lugar más secreto en todo el pueblo que este despacho. Nadie nos encontraría aquí; bueno, nadie menos usted, claro. Mañana por la mañana se reúne la Liga Intercentros. Queríamos hacer una reunión urgente esta noche, y por eso las horas, que ya sabemos que es muy tarde y que no está bien colarse en su despacho, y menos por la noche... Pero es que no sabíamos dónde quedar. Por cierto, que las cartas de amor de su esposa son preciosas.

–Y las fotos de la academia también –dijo Tomeo.

–¿¡Habéis visto las cartas!? ¿¡¡Y las fotos!!? –dijo mi padre, fuera de sí–. Esto sí que no, ¡eh! Os habéis pasado. Os escapáis de casa en plena noche. Os coláis en mi despacho. Y no contentos con eso, espiáis mis cartas y mis fotos y todo... ¡Esto no va a quedar así!

Mi padre estaba muy enfadado.

Pero, al menos, no sabía el verdadero motivo por el que estábamos en su despacho.

No sabía que pretendíamos robar los códigos de la policía.

Al poco, también apareció mi madre. Se quedó perpleja cuando nos vio allí.

Después de echarnos la bronca, llamó por teléfono a los padres y las madres de mis compañeros de equipo para contarles lo que había pasado y para que vinieran a recogerlos.

Incluso mi hermano se levantó también.

Asomado desde el piso de arriba, dijo:

–La que has liado, enano.

–Víctor, tú a la cama –ordenó mi madre.

Mis padres dijeron que iban a pensar muy seriamente qué castigo nos merecíamos.

–Lo vamos a pensar muy pero que muy seriamente –dijo mi madre.

–Muy seriamente –repitió mi padre.

Nosotros no respondimos. Era mejor no estropear más las cosas.

Uno a uno, fueron marchándose todos.

Mientras subía al coche con su padre, Tomeo preguntó:

—Señor Emilio, ¿me puede dar un pedazo de su famoso pastel para el camino? Es que mire las horas que son. Yo creo que me ha bajado el azúcar.

Al final, Tomeo se salió con la suya y probó el pastel.

Los demás se fueron yendo también, según venían sus padres a recogerlos.

Todos menos Camuñas, que se quedaría a dormir en casa, tal y como estaba previsto.

La última en irse fue Helena. Su madre vino en coche y estuvo hablando un buen rato con la mía.

Las dos estaban de acuerdo en que nos habíamos pasado de la raya y nos merecíamos un castigo ejemplar.

—Uno de esos castigos que no olvidarán nunca —dijo mi madre.

—Eso, un castigo ejemplar —añadió Marimar.

Helena con hache cruzó una mirada conmigo, resignada. Tendríamos que prepararnos para una buena.

Cuando se marcharon todos, Camuñas y yo fuimos a mi habitación al fin.

Mientras subíamos las escaleras, Camuñas me susurró:

—No miento. No me chivo. No me fío.

Y me sonrió.

Mi madre iba detrás de nosotros.

–Ni se os ocurra hablar ni encender la luz ni moveros en toda la noche –advirtió.

Esperó a que nos acostásemos.

Apagó la luz.

Y cerró la puerta de mi cuarto.

Pude escuchar a mis padres, que se alejaban cuchicheando.

Creo que mi padre dijo algo de las cartas que se habían escrito cuando eran novios, pero no estoy seguro.

Camuñas y yo nos quedamos solos, en silencio.

Con la luz apagada.

Cada uno en su cama.

Pensando en todo lo que había ocurrido esa noche.

Y en la cantidad de cosas que ocurrirían al día siguiente.

Me vino a la cabeza la imagen de Laoi Chai San y su parche negro. No sé qué haría cuando descubriera que no tenía los planos que me había pedido. Al menos, había intentado cumplir mi promesa.

También pensé en la Liga Intercentros y lo que podía ocurrir si nos quedábamos fuera.

–Pakete –dijo mi amigo desde su cama.

–¿Sí?

—¿Es verdad eso que has dicho de que vamos a hacer huelga si nos echan de la liga?

—Lo he dicho por decir algo, para que mi padre no descubriera lo de los códigos.

—Ya, ya, pero a lo mejor no es mala idea. No podemos consentir que nos expulsen.

En eso tenía razón Camuñas.

Si nos echaban de la Liga Intercentros, estaríamos todo el año sin jugar al fútbol.

Y todo por una injusticia.

Teníamos que impedirlo.

O al menos, intentarlo.

Pero bueno, ya pensaríamos algo.

De momento, habría que ver cuál era el castigo por lo que había pasado esa noche.

Alicia nos había puesto mil flexiones por jugar en el tren.

Puede que el castigo de mis padres fuera aún peor.

Estaba pensando en todo eso cuando oí un ruido que venía del jardín.

Parecía que había alguien ahí fuera.

—¿Tú también lo has oído? –pregunté.

—Ya te digo –respondió mi amigo.

Camuñas y yo nos incorporamos.

Era un ruido como de pasos en el jardín.

Un momento... Parecía que alguien estuviera llorando.

¿Quién sería?

Sin decir nada, nos levantamos de la cama y fuimos caminando hasta la ventana.

Nos asomamos y miramos al jardín.

Entonces los vimos claramente.

Allí estaban.

Siete gatos de color marrón y negro.

Mirando hacia la casa.

Maullando.

El lunes, en el colegio, no se hablaba de otra cosa.

Todos comentaban lo mismo.

Que habíamos abandonado un partido durante el descanso.

Que un equipo de fútbol no puede hacer eso bajo ningún concepto.

Que era una vergüenza para el Soto Alto.

Después, y por si eso fuera poco, nos dieron la noticia.

Fue durante el recreo.

El director, Esteban, nos miraba muy serio.

Negó con la cabeza, como si estuviera muy triste, y dijo:

—La Liga Intercentros ha tomado la decisión de expulsar al Soto Alto de la competición.

Estábamos en la puerta del gimnasio.

Incapaces de reaccionar.

—Estoy muy decepcionado —añadió el director.

A su lado, Felipe y Alicia también estaban desolados.

—Podemos recurrir —dijo Felipe.

—Hay que intentar que cambien de opinión —dijo Alicia.

—Desde luego, si no hay liga, no hay equipo —explicó Esteban—. Ya sabéis los problemas que hemos tenido con el presupuesto para los viajes y las equipaciones. Si no se puede jugar la liga, se disolverá el equipo.

Un momento.

¿Nos íbamos a quedar sin liga?

¿Y sin equipo?

Y todo, por un partido amistoso.

Marilyn, como capitana, dio un paso al frente y dijo:

—Perdón, pero yo no estoy de acuerdo con la decisión. Era un amistoso. Y contra un equipo que ni siquiera juega en la liga. No tiene sentido que nos expulsen.

—Por lo visto, Los Justos ya habían solicitado participar en la Liga Intercentros antes del partido —explicó Esteban—. Así que, técnicamente, era como si jugásemos con un equipo de la liga.

—Pero nosotros no lo sabíamos —protestó Toni.

—¿Qué significa «técnicamente»? —preguntó Tomeo.

—Significa «de acuerdo con el reglamento» –respondió Anita–. O sea, que a pesar de que no fuera oficial, Los Justos eran de la Liga.

—No lo entiendo –dijo Ocho.

—Yo tampoco entiendo que os fuerais en el descanso, la verdad –repuso Esteban–. No estoy de acuerdo con la decisión de la Liga, pero tampoco me parece bien dejar un partido a medias. No creo que fuera para tanto.

—Nos estaban machacando y el árbitro no hacía nada –traté de decir.

—Conste que yo quería seguir jugando –dijo Camuñas–. Por el Soto Alto. Por el equipo. Por el fútbol.

—Ya. Tú querías quedarte porque no se habían acercado a la portería –le dijo Ocho.

—Propongo que expulsen a los jugadores que votaron irse –insistió el portero.

—¡Camuñas! –exclamó Marilyn.

—Eso no lo digas ni en broma –le dijo también Helena–. Somos un equipo.

—Vale, vale, era por si acaso –se excusó Camuñas.

—Bueno, el caso es que fue una decisión de los jugadores, y ya está hecho –cortó Alicia.

—Pues ya que lo dices, Alicia... –retomó el director–, tampoco me parece lógico que los entrenadores no tomaséis cartas en el asunto.

—Dejamos que ellos decidieran –se excusó Felipe.

–Ya, ya, pero ellos son niños y vosotros personas adultas –le dijo Esteban–. Por eso sois los entrenadores.

–Perdón, pero entonces que expulsen a los entrenadores y asunto arreglado –dijo ahora Camuñas.

–¿Pero se puede saber qué te pasa? –preguntó Alicia mirando a Camuñas.

–¡Que quiero jugar la liga! –respondió, como si fuera lo más natural.

–Igual que todos –le recordó Marilyn.

–O todos o ninguno –zanjó Helena.

–Mejor vamos a dejarlo –intercedió Esteban–. Hay una reunión esta misma tarde para intentar una mediación: Liga Intercentros, Los Justos y Soto Alto. Os prometo que haré todo lo que esté en mi mano.

–¿Quieres que vayamos contigo a la reunión? –preguntó Felipe.

–Visto lo visto, mejor voy yo solo –sentenció.

Y sin más, se marchó, dejándonos a todos allí.

Al alejarse por el pasillo dijo:

–Ya os informaré, pero la cosa no pinta bien.

Nos miramos preocupados.

Alicia y Felipe tampoco sabían qué decir.

Como nadie hablaba, levanté la mano.

–¿Hoy tenemos entrenamiento después de clase? –pregunté.

–Pues claro que tenemos –dijo Alicia–. Un entrenamiento muy especial, que no vais a olvidar nunca.

El resto de las clases del lunes pasaron volando. Estábamos a principio de curso, y aún no había mucho que hacer.

A las cinco en punto, sonó el timbre.

Fuimos corriendo a cambiarnos.

Y a las cinco y diez minutos, estábamos en el centro del campo.

¿En qué consistiría ese entrenamiento tan especial?

—Flexiones —dijo Alicia.

—Y después... más flexiones —dijo Felipe.

—Y luego... más flexiones —añadió Alicia.

—Y más tarde...

—Más flexiones —se lamentó Marilyn.

—Exacto —dijo Alicia—. Veo que ya lo habéis entendido. Recordad: hasta que no hagáis mil flexiones, no habrá partidos ni habrá nada.

—Pero si nos expulsan de la liga definitivamente, las flexiones no habrán servido para nada —protestó Toni.

—Os tendréis que arriesgar —le contestó Felipe.

Hacer flexiones en medio del campo no era un entrenamiento especial.

Era una faena.

Ninguno de nosotros parecía tener muchas ganas de ponerse a hacer flexiones sin saber siquiera si ese año podríamos jugar la liga.

—Si alguien no quiere hacer las flexiones, no es obligatorio —advirtió Alicia.

–¿Ah, no?

–Por supuesto, el que no quiera hacerlas, que deje el equipo ahora mismo y se vaya a su casa –dijo nuestra entrenadora, muy seria–. Pero eso sí: que no vuelva nunca más. Pensadlo: el que se quede tiene que entender bien que no habrá fútbol hasta que se hagan las mil flexiones.

–Nos quedamos –dijo Marilyn, hablando como capitana.

–¿Prometéis hacer las mil antes de jugar ningún partido? ¿Y sin protestar? –insistió Alicia.

–Yo sí –respondió Marilyn.

–Y yo.

–Yo también.

–Y yo... Aunque a lo mejor sí que protesto un poco –dijo Tomeo.

Incluso Toni lo prometió.

Tres segundos después, estábamos haciendo las flexiones.

Los nueve sin excepción.

Era un rollo.

Y era agotador.

Las dos primeras fueron fáciles, pero después la cosa se complicó.

Los brazos fallaban.

El cansancio cada vez era mayor.

Alicia y Felipe caminaban entre nosotros sin dejar de mirarnos.

Hasta ese día nunca lo había pensado, pero la verdad es que hacer flexiones es una de las peores cosas de las clases de

educación física y de los entrenamientos. Yo incluso diría que es una de las peores cosas del mundo.

Aunque a lo mejor estoy exagerando.

Después de un buen rato, me detuve para recobrar el aliento.

Apoyado en el suelo, pregunté:

—¿Cuántas llevamos?

—Por lo menos, cien o doscientas —dijo Camuñas—. Estoy agotado, no puedo más...

Alicia hizo recuento y dijo:

—Lleváis nueve flexiones exactamente.

—¿QUÉ?

—¿NUEVE?

Tenía la sensación de que llevábamos allí una eternidad... ¿y solo habíamos hecho nueve flexiones?

–No puede ser –dijo Toni–. Yo también las he contado, y llevo más de veinte.

–Ya, pero Tomeo y Angustias solo llevan nueve –replicó Alicia–. Y hasta que no las hagáis todos, sin excepción, no vale.

Aquello era peor incluso de lo que yo pensaba.

El entrenamiento al completo consistió en hacer flexiones.

Ni más ni menos.

Nada de balón. Nada de partidillo. Nada de nada. Solamente flexiones.

Salí del campo con la bolsa de deportes sin cambiarme. Quería llegar a mi casa y olvidarme de todo.

Pero justo en la puerta del colegio, estaba mi padre esperándome en su coche de policía.

—He venido a recogerte —dijo mi padre al verme aparecer.

Normalmente no me recoge nadie. Voy andando desde el colegio hasta mi casa. No está lejos. Además, es lo que hacen todos los de mi curso. Bueno, todos menos Bermúdez, que vive en otro pueblo de la sierra y siempre viene su abuelo en una furgoneta a traerle y llevarle.

El caso es que, aquel día, mi padre se presentó por sorpresa.

—Tu hermano se queda en casa de un amigo a dormir, y tu madre tiene cena con amigas —me explicó desde el asiento del conductor, con la ventanilla bajada—. Así que hoy estamos tú y yo solos.

—Qué bien —dije.

Subí al coche, me abroché el cinturón y se puso en marcha.

Miré a la izquierda, y me extrañó que mi padre cogiera el desvío hacia la rotonda.

—Por aquí no se va a casa —murmuré.

—No vamos a casa —dijo girando el volante.

—¿Adónde vamos?

—Nos vamos a ir tú y yo a cenar por ahí —respondió—. Así podremos hablar tranquilamente de lo que pasó anoche.

Ya sabía yo lo que significaba eso: que íbamos a hablar del castigo por colarme en su despacho con mis amigos.

—Lo que tú digas, papá. ¿Podemos ir al burger?

–Ya veremos –dijo pensativo–. Antes tengo que hacer una parada por un tema de trabajo. No tardaré mucho.

El coche enfiló la carretera de salida N801.

Me giré y miré a través del cristal trasero. No sabía adónde íbamos, pero no estaba en el pueblo. Las casas de Sevilla la Chica se iban quedando cada vez más pequeñas mientras avanzábamos.

Entonces bajé la vista y algo en el asiento trasero me llamó la atención: una carpeta roja muy abultada.

Al observarla detenidamente, me quedé helado.

No podía ser verdad.

En la carpeta había escrito lo siguiente:

LOS JUSTOS
Dossier confidencial
Nº 06.999/17M

Tuve que volver a leerlo.

No me lo podía creer.

Allí delante tenía un dossier completo de Los Justos. Seguramente dentro de esa carpeta estarían los códigos y los planos y todo.

Me vino a la cabeza Laoi Chai San.

Miré la hora: las seis y media.

Aún podía conseguirlo.

Miré a mi padre y dije sonriendo:

–Papá, ¿puedo ir en el asiento de atrás? Es que aquí me mareo.

–No digas tonterías, Pakete. El asiento de atrás es peor para los mareos. Ahora paramos y bebes un poco de agua. Ya verás cómo se te pasa.

Miré de reojo una vez más la carpeta roja.

Tenía que cogerla como fuera.

–¿Dónde tienes que hacer esa parada de trabajo?

–En el centro de menores –respondió como si tal cosa.

¿CÓMO?

–¿En Los Justos? –pregunté.

–Sí, será solo un momentito. No te preocupes.

15

La gasolinera estaba repleta de coches.

Después de llenar el depósito, mi padre me dijo que aprovechara para estirar las piernas mientras él iba a pagar.

–Camina un poco. Así seguro que se te pasa el mareo –dijo.

Yo bajé, tratando de aparentar que le hacía caso y que estaba un poco mareado.

–Sí, gracias –dije.

La verdad es que solo podía pensar en una cosa: la carpeta roja.

Podía verla a través de la ventanilla.

Apoyada en el asiento.

Como si me estuviera diciendo: «Cógeme».

El corazón me iba a mil por hora.

Estaba al alcance de mi mano.

Seguramente sería mi única oportunidad.

Sonreí a mi padre y caminé unos pasos.

–No te muevas de aquí. Ahora vengo –dijo mi padre.

Se dirigió hacia la tienda.

Observé cómo se alejaba, disimulando.

Pasé por detrás de los surtidores y di otros dos pasos muy despacio, sin perderle de vista.

Me aseguré de que mi padre había entrado en la tienda.

A través de la cristalera, pude ver que estaba haciendo cola para pagar. Tenía delante de él seis o siete personas, así que iba a tardar un buen rato.

Tiempo suficiente para lo que necesitaba hacer.

Sin pensarlo, me acerqué corriendo a la puerta trasera del coche y entré.

Me abalancé sobre la carpeta roja.

La abrí y empecé a mirar todo lo que había allí dentro.

Primero había un montón de folios con números de expedientes y nombres que, por lo menos para mí, no tenían ningún sentido.

Después, unas hojas amarillas con sellos de la Comunidad, del Ministerio y del Ayuntamiento.

A continuación, más y más hojas grapadas con informes larguísimos de medio ambiente, de sanidad, de educación. Eché un vistazo rápido. Era todo muy aburrido: papeleo y más papeleo.

Tenía que darme prisa.

Mi padre podía volver en cualquier momento.

Pasé los últimos informes rápidamente, y por fin aparecieron.

Allí estaban: ¡los planos del centro de menores!

¡Los tenía!

Sin necesidad de códigos ni de nada.

¡Los planos en vivo y en directo!

Eran tres hojas mucho más gruesas y más grandes que las anteriores, dobladas en varias partes para que entraran en la carpeta.

Las abrí y las extendí sobre el asiento todo lo rápido que pude.

Saqué el móvil y empecé a hacer fotos.

De cerca.

De lejos.

Hice muchas fotos.

Una de las hojas se rompió un poco por una esquina. Tuve que doblarla con mucho cuidado. Yo creo que no se notaba demasiado.

No me dio tiempo a mirar los planos; simplemente, les hice fotos a toda velocidad.

Sí me fijé en lo que ponía en cada una de las tres hojas: en una decía «Superficie»; en otra, «Perímetro», y en otra, «Subterráneo».

Guardé de nuevo los planos en la carpeta y la cerré.

Ya tenía lo que necesitaba.

Iba a cumplir mi promesa: le daría los planos a Laoi Chai San y estaríamos en paz y se acabaría todo.

Respiré hondo. Lo había conseguido.

Al cerrar la carpeta, una hoja de color morado se desprendió del resto.

Cuando la recogí para volver a introducirla, me di cuenta.

En el encabezado ponía: «Almudena García Hidalgo. Edad: 12 años. Alias: Laoi Chai San». Y al lado del nombre, una fotografía escaneada de ella.

Miré por encima del asiento. Aún no había ni rastro de mi padre.

Leí rápidamente aquella hoja.

Era una especie de ficha con el historial de Almudena.

Es decir, de Laoi Chai San.

Por lo que decía, sus padres habían estado en la cárcel por estafa durante muchos años, y a ella la había cuidado, desde pequeña, su abuela. A los diez años, Almudena empezó a cometer delitos diversos. Primero, pequeños hurtos sin mucha importancia. Luego, la cosa fue a más, hasta que, efectivamente, fue acusada de incendiar su propio colegio.

A continuación venía una lista interminable de delitos de todo tipo, desde pertenencia a bandas juveniles donde ella era siempre la más pequeña del grupo, hasta escándalo público, fugas de varios internados, venta ilegal callejera, allanamiento de morada, destrucción de mobiliario urbano, menosprecio a la autoridad, hurtos de bicicletas, motos, ropa, etcétera, etcétera.

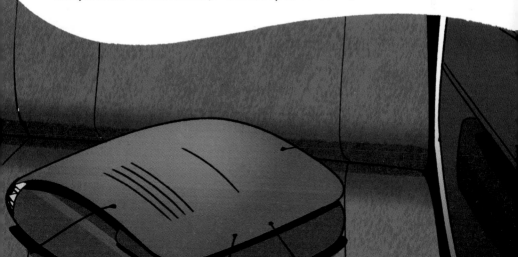

No me dio tiempo a leerlo todo. Tenía que darme prisa si no quería que me pillara mi padre.

Al final de la hoja había un apéndice detallado sobre el que, por lo visto, era su delito más renombrado: «Robo al B.R., el Banco Redondo».

Ya he dicho que yo había visto un montón de noticias relacionadas con ese robo en televisión y en internet. Había sido un golpe muy famoso. Sobre todo, en la sierra. El banco estaba en un pueblo muy cerca de allí. Al parecer, Laoi Chai San había excavado un túnel muy pequeño por el que se había colado, aprovechando que era muy delgada.

Se había llevado un montón de dinero en billetes de 10, 20 y 50 euros. No decía la cantidad, pero se hablaba de muchísimo dinero.

El robo había sido perfecto hasta el último momento. Había entrado por el túnel en plena noche, cuando no había nadie. Sin embargo, al escapar, algo salió mal. Sonó la alarma del local y Chai San tuvo que huir a toda prisa campo a través, por la sierra, llevando una gran mochila cargada de dinero. La policía le pisaba los talones. Ella tuvo que cruzar un río, atravesar un bosque y subir varias colinas.

Al final, después de una larguísima persecución, la policía atrapó a la ladrona. Estaba exhausta, llena de arañazos y de barro por todas partes. Pero el botín del robo jamás se encontró.

Almudena dijo que había tirado la mochila al río justo antes de que la detuvieran, para que no pudieran cogerla con las manos en la masa. Pero la única realidad es que nunca se recuperó el dinero del banco. Había desaparecido.

El caso se había hecho famoso por la juventud de la ladrona. Era la primera vez que una niña tan pequeña participaba en un robo así.

Durante la investigación, la policía encontró indicios de que la habían ayudado a preparar todo y a excavar el túnel. Todo indicaba que una persona adulta había participado en el robo junto a ella. Pero nunca se pudo demostrar nada. Ella no delató a su cómplice.

«No miento. No me chivo. No me fío», había declarado a la policía y a los periodistas que la habían entrevistado.

El caso del Banco Redondo aún seguía abierto. Uno de los participantes quizá seguía en libertad. Y se rumoreaba que el botín permanecía enterrado y escondido en algún lugar de la sierra...

−¿Qué haces ahí?

La voz de mi padre sonó de repente. No le había oído llegar.

Arrugué la hoja, haciendo con ella una bola de papel, y la escondí entre las manos.

Después me giré y dije:

−Nada. Es que seguía un poco mareado −respondí−. Por eso me he tumbado en el asiento trasero.

−¿Estás peor? −preguntó mi padre, preocupado.

−No, no, al contrario −dije, incorporándome y saliendo del coche−. Ahora me siento muchísimo mejor.

−Cada día estás más raro, Pakete. Toma, bebe un poco de agua −dijo dándome una botella que me había comprado.

Un minuto después, estábamos de nuevo en la carretera.

Rumbo a Los Justos.

Allí podría ver a la niña que había cometido ciento doce delitos.

Incluyendo el famoso robo al B.R.

Después de leer aquel informe, me asaltaron varias dudas.

¿Cómo podía robar un banco una niña?

¿La había ayudado un adulto?

¿Sería verdad que había enterrado el dinero?

Y sobre todo...

¿Estaba dispuesto a entregarle los planos del centro de menores a una ladrona?

¿Y si escapaba gracias a mí?

Sentí un nudo en el estómago.

Tal vez no era la mejor idea del mundo.

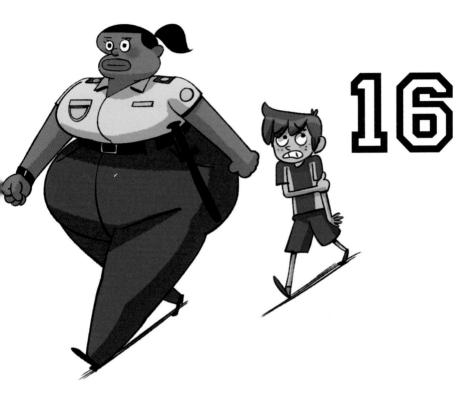

16

—¡Visita!

La oficial de guardia llevaba un uniforme gris.

Era una mujer muy grande: debía pesar cien kilos o más.

Tenía unas esposas y una porra colgando del cinturón.

Pero no llevaba armas.

Por lo menos, no a la vista.

Aunque no creo que nadie se metiera con ella: era enorme.

Volvió a gritar:

—¡Visita!

Una puerta metálica se abrió.

Y la guardia me hizo un gesto con el dedo para que la siguiera.

Atravesamos un pasillo. A nuestro paso, se abrieron y cerraron otras dos puertas.

Hasta que al fin doblamos una esquina, cruzamos un portón más grande y entramos en una sala con mesas y sillas.

Al fondo de la habitación, una señora achuchaba a un niño. Le reconocí porque era uno de los jugadores del equipo de fútbol. La señora no sé si sería su madre o qué, pero no hacía más que besuquearle. Él intentaba librarse sin éxito. Con aquella mujer que le metía esos abrazos tremendos, no parecía tan peligroso.

En otra mesa había una chica adolescente charlando con un señor vestido con traje y corbata. Los dos parecían muy serios y muy concentrados.

Por último, también había un chico con muchos granos conversando con una pareja: un hombre y una mujer que parecían muy contentos de verle. De vez en cuando, le acariciaban el pelo y los mofletes.

–Espera ahí –me dijo la guardia señalando una de las mesas.

Me senté sin decir nada.

En la pared había un cartel en el que ponía:

«Visitas: no salir del recinto sin autorización».

Y otro más:

«Prohibido entregar nada a los internos».

Entonces caí en la cuenta.

Tenía las fotografías de los planos en mi móvil, pero... ¿cómo se los haría llegar a Laoi Chai San?

No sabía cómo darle los planos.

Ni siquiera sabía si quería dárselos.

Por mucho que ella me hubiera ayudado.

Y por mucho que yo hubiera hecho una promesa.

Esa niña era una ladrona.

Y yo había robado unos documentos a un policía para entre-gárselos.

Uf.

Me estaba metiendo en un buen lío.

La guardia de seguridad dijo:

—Almudena García, mesa doce.

Inmediatamente, se abrió una puerta por el lado contrario al que yo había entrado.

Por ella entró caminando con tranquilidad Laoi Chai San.

Al verme exclamó:

—¡Pero bueno, si has venido!

—Eso parece –dije.

—Interna –se apresuró a decir la guardia–, nada de gritos en la sala.

—Ya, ya –respondió ella–. Nada de gritos, nada de saltos, nada de nada. Es la sala más aburrida del mundo.

Chai San se sentó delante de mí.

Me entraron ganas de preguntar si de verdad le faltaba un ojo, o si llevaba el parche solo porque le gustaba.

Pero se me adelantó.

Dijo:

—Pensaba que no vendrías, Pakete.

—Ya, bueno —dije—. Yo también lo pensé.

—¿Me has traído algo?

Miré de reojo el cartel de «prohibido» en la pared.

Ella se dio cuenta y dijo:

—No hagas caso a todo lo que pone. Les encanta colgar carteles por todas partes.

Me incorporé un poco en la silla y me acerqué a ella.

Bajé la voz para que no nos oyera nadie más.

—Tengo los planos en el móvil —susurré.

–¿En serio? –preguntó incrédula.

Moví la cabeza afirmativamente.

Ella sonrió y se puso en pie levantando la mano.

–¡Chócala!

Chocamos las manos.

–¡Toma ya! –exclamó.

–¡Interna, sin gritos y sin golpes! –le advirtió la guardia.

–Sí, sí, perdón –se excusó Chai San.

Volvió a sentarse. Parecía emocionada.

–Me ha costado mucho conseguirlos –dije.

–Estoy muy orgullosa de ti –dijo ella–. Cuando salga de aquí, a lo mejor puedes entrar en mi banda de piratas.

No creo que quisiera pertenecer a una banda de delincuentes. Pero preferí no decir nada, por si acaso.

—Por cierto, ¿tienes novia? —me preguntó sin venir a cuento.

—¿Eh?

—Pues eso, que si tienes novia —insistió—. Ya he visto cómo mirabas a esa chica de tu equipo, la de los ojitos.

—Se llama Helena, y no es mi novia —respondí enseguida.

—¿Pero te gusta?

—No, no, claro que no —respondí.

—A mí me puedes contar la verdad.

—Bueno, a veces me gusta un poco —dije—, y el año pasado nos dimos un beso, pero no es mi novia.

—Estás loquito por esa chica. Ja, ja, ja, ja —dijo.

No me gustaba hablar de eso.

Y mucho menos con Laoi Chai San.

—Entonces, ¿cómo lo hacemos? —pregunté cambiando de tema, mientras sacaba discretamente mi móvil—. ¿Te mando los planos en un mensaje a tu teléfono? ¿Me dices tu número?

—Los internos no tenemos móvil —respondió decepcionada—. Está prohibido.

—Puedo imprimirlos en algún sitio —propuse—, y te los traigo otro día.

—Tengo una idea mucho mejor —dijo.

Alargó la mano con un movimiento rápido y me quitó el móvil.

Traté de impedírselo, pero no me dio tiempo.

Antes de que yo pudiera hacer nada, se guardó mi teléfono en su pantalón.

Todo ocurrió en un abrir y cerrar de ojos.

Me apoyé sobre la mesa. No sabía qué hacer.

—¡Pero oye! —protesté.

—Somos amigos —dijo—. No irás a delatarme... Recuerda: «No miento. No me chivo. Y no me fío».

La guardia había notado algo raro.

Dio un paso y preguntó:

—¿Sucede algo?

—No, todo fenomenal —respondió Laoi Chai San—. ¿Verdad, Pakete?

No me lo podía creer.

Aquella niña me había quitado el móvil delante de mis narices.

Miré a la guardia, que no nos quitaba ojo.

Si se lo contaba, seguro que la castigarían.

Lo pensé y dije:

—No pasa nada, todo fenomenal.

Y volví a sentarme.

La guardia se retiró y volvió a su lugar.

—Muy bien, Pakete. Te has portado como un auténtico pirata —dijo ella.

Yo no quería portarme como un pirata.

Solo quería olvidarme de todo aquello cuanto antes.

No quería transformarme en un pirata. Por lo menos, no en un pirata que iba robando cosas que no eran mías.

Los auténticos piratas iban en barco y se enfrentaban al temible ejército inglés; no le quitaban el teléfono a un niño de sexto de primaria.

Ella pareció saber en qué estaba pensando, porque me dijo:

—La auténtica Laoi Chai San repartía el botín de sus robos entre los más necesitados.

—¿Tú también haces eso?

—A veces.

Me fijé en que la mujer de la esquina le daba un bocadillo y un batido al niño. Por lo que se ve, la norma de no entregar nada a los internos no era muy estricta.

—¿Te vas a quedar con mi móvil? —pregunté.

—Creo que sí —contestó—. Cuando tus padres se den cuenta, diles que lo has perdido y ya está.

Como si fuera tan fácil.

Me había costado mucho que me compraran uno. Si ahora decía que lo había perdido, tardarían un montón en volver a darme otro teléfono.

—Te consigo los planos y encima te quedas con mi móvil —dije—. No quiero volver a saber nada más. Estamos en paz. Ahora me tengo que ir.

—No tan deprisa —dijo Laoi Chai San—. Tengo que decirte tres cosas.

Ya empezaba.

—La primera es que has pasado la prueba —dijo.

—¿Qué?

—Lo que has oído —respondió—. Tengo los planos del centro desde el primer día. Solo quería saber si eras capaz de conseguirlos y traérmelos. Has superado la prueba. Enhorabuena.

Eso era demasiado.

¿Todo era por una prueba?

—La segunda cosa es que tengas cuidado: si te descuidas, podrías acabar aquí dentro —dijo señalando el móvil en su bolsillo—. Has robado material a la policía, y eso es un delito muy grave. No lo olvides.

¿Ahora me amenazaba?

Cada vez me gustaba menos aquello.

La próxima vez, me lo pensaría dos veces antes de hacer ninguna promesa.

No tendría que haber abierto la carpeta.

No tendría que haber fotografiado los planos.

Y no tendría que haber venido a verla.

—Y la tercera cosa es la más importante: vas a ir al bosque de la Alamedilla a desenterrar una mochila y la vas a guardar hasta que yo te diga.

—¿¡Cómo!?

Ahora sí que me quedé de piedra.

En cuanto dijo eso, me vino a la mente la imagen de una mochila llena de dinero, un montón de fajos de billetes.

–¿Te refieres a la mochila con el botín del Banco Redondo? –pregunté bajando mucho la voz.

Ella me miró fijamente. Muy seria.

–Eso no es asunto tuyo –respondió–. Tú solo tienes que desenterrar la mochila y guardarla hasta que yo te diga. No tienes que abrirla. Y, sobre todo, no se lo tienes que contar a nadie. Y esta vez lo estoy diciendo muy en serio.

Esa mochila seguramente estaría llena de billetes.

–¿Vas a repartir el dinero entre la gente? ¿Igual que Robin Hood? ¿Igual que la pirata Laoi Chai San? –dije entusiasmado.

–Puede ser –dijo ella sonriendo–. Tú solo haz lo que te he dicho.

–¿Cómo voy a encontrar la mochila?

Ella sacó del bolsillo de la camiseta una servilleta arrugada y la puso sobre la mesa.

La desdobló y me la enseñó.

En la servilleta había un dibujo, una especie de mapa.

Con indicaciones.

Y notas.

Y una gran cruz negra.

–¿Qué es esto? –pregunté.

–Un mapa del lugar donde está enterrada la mochila –respondió.

Laoi Chai San se ajustó el parche.

Y añadió:

–El mapa del tesoro.

–¿Pero dónde te habías metido?

Mi padre me miraba con los ojos muy abiertos.

–Te dejo un momento en el coche mientras voy a la oficina y desapareces –dijo.

–Perdón –respondí–. Es que... he ido a saludar a una amiga.

–¿Pero qué amiga? ¿De qué hablas? ¿Desde cuándo tienes tú amigas en la cárcel?

–No es una cárcel, papá –le corregí–. Tú mismo lo has dicho mil veces: es un centro de menores.

–¡A mí no me lleves la contraria! ¡Es lo que faltaba!

Después de hablar con Laoi Chai San, volví a cruzar los pasillos de vuelta y regresé al coche rápidamente.

Pero con tan mala suerte que mi padre ya estaba allí, esperándome en el aparcamiento.

–Te dije que no te movieras de aquí –insistió–. ¿Es que no puedes hacer caso por una vez?

–Sí. Lo que pasa es que tenía que saludar a esa chica... Es una amiga y pensé que no te molestaría... –traté de explicar.

–No sé qué te pasa últimamente –me cortó–. Venga, anda, sube al coche, que nos vamos.

Mientras subía al asiento del copiloto, pensé en contarle a mi padre todo lo que me había dicho Laoi Chai San.

Incluyendo lo de la mochila.

Y el mapa del tesoro.

Y todo lo demás.

Apreté el puño. Dentro estaba la servilleta doblada. En ese pequeño trozo de papel estaba dibujado el mapa con la cruz negra. No me lo podía quitar de la cabeza.

¿Realmente estaría enterrada allí la mochila con el botín del robo?

Y si era así...

¿Por qué me lo había contado a mí?

Supongo que no tenía a nadie más y debía arriesgarse.

No lo sé.

Miré a mi padre, que encendió el motor.

Chai San me había dejado claro que no se lo dijera a nadie.

Además, ella podía acusarme: tenía mi móvil, y pruebas de que yo había hecho fotografías a los planos del centro.

Ufffff... Todo era demasiado complicado.

Metí la mano en el bolsillo del pantalón y dejé allí la servilleta.

Alcé la vista hacia el centro de menores.

Desde mi ventanilla pude ver la enorme bandera pirata ondeando al viento sobre el campo de fútbol.

Por lo que se ve, Chai San estaba acostumbrada a salirse con la suya.

Durante el camino de regreso al pueblo, mi padre puso música en la radio del coche, y ninguno de los dos abrió la boca.

Para mi sorpresa, fuimos a cenar al burger que hay en la plaza.

A pesar de todo, me hizo caso y me llevó a mi sitio favorito.

Me encanta ese lugar. Las hamburguesas gigantes con extra de queso, la ración especial de patatas fritas, el bote de kétchup y mostaza de la casa, los batidos de vainilla y chocolate.

Después de pedir, mi padre me dijo:

–Lo que pasó anoche en mi despacho es muy grave.

Ya me imaginaba que no se habría olvidado.

–No volveré a hacerlo –dije, esperando que pudiéramos solucionarlo con una charla, sin necesidad de un castigo.

–En ese despacho tengo cosas de trabajo muy importantes –explicó–. Y además entraste con todos tus amigos, ¡y en mitad de la noche!

–Lo siento muchísimo. Te prometo que no volverá a pasar –insistí.

–Eso espero –dijo–. En cuanto al castigo...

La Play no, por favor.

La última vez me habían quitado la Play durante tres meses.

Eso no.

Cerré los ojos y crucé los dedos, esperando escuchar algún castigo terrible.

En lugar de eso, mi padre pronunció las siguientes palabras:

—Vas a decidir tu propio castigo.

Abrí los ojos, sin entender nada.

—¿Cómo?

—Pues eso. Que tú decides tu propio castigo.

—¿Cualquier cosa? —pregunté.

—Lo que sea. Tú te pones el castigo que consideres más justo.

Hummmmmmm.

Seguro que aquello tenía trampa.

—¿Y si me pongo un castigo que no te gusta?

—Tú decides.

—Ya, pero... ¿y si crees que no es suficiente castigo? —insistí.

—Me aguantaré.

—¿Seguro?

—Segurísimo. Confío en ti.

Desde luego, no me esperaba una cosa así.

Si era verdad y podía elegir yo mismo, me pondría un castigo que no fuera muy complicado.

Como, por ejemplo, irme a la cama sin postre.

O limpiar y ordenar mi habitación.

O, como mucho, un fin de semana sin ver la televisión.

O, mejor aún, medio fin de semana sin ver la televisión.

Iba a ser muy fácil.

–Piénsalo bien, no te precipites –dijo mi padre, que parecía estar leyéndome la mente–. Tiene que ser un castigo justo.

–¿Y cómo sé que es justo?

–Lo sabrás cuando lo encuentres.

–¿Y mientras tanto?

–Esperaremos.

Y repitió lo mismo:

–Confío en ti.

No sé si me gustaba la idea de ponerme yo mismo el castigo.

Si me quedaba corto, a lo mejor mi padre dejaría de confiar en mí.

Y si me pasaba, saldría perdiendo.

Era como pedirle a un delincuente que se juzgara a sí mismo.

Había hecho algo que estaba muy mal.

Así que supongo que tendría que ponerme un castigo duro.

Qué difícil.

Estaba pensando en eso cuando una voz me interrumpió.

–¡Por fin encuentro al célebre policía de Sevilla la Chica! ¡Llevo toda la tarde buscándole!

Al escuchar aquello, mi padre y yo levantamos la vista.

Delante de nosotros había un hombre rubio, con una sonrisa descomunal, vestido con un traje azul, camisa blanca y corbata roja.

Sonreía tanto que sus dientes perfectos parecían deslumbrarnos.

—¡Es un verdadero honor! —dijo.

Y le dio un palmetazo en la espalda a mi padre, que se quejó amargamente.

—Ayyyyyyyyyyy. Tenga cuidado, hombre, que el lumbago me tiene frito.

—Claro, claro —se disculpó el tipo de la sonrisa—. Me presento: soy el inspector Basilio Salvatierra, recién llegado de Madrid.

El rostro de mi padre cambió al escuchar aquel nombre.

—¿Salvatierra el Destructor? —preguntó asombrado.

—Creo que así me llaman. Ja, ja, ja, ja, ja, ja, ja, ja —respondió.

Y le metió otro tremendo golpe en el hombro a mi padre.

—Huy, perdón —dijo al darse cuenta—. Es que, cuando oigo ese nombre, me vengo arriba.

Mi padre se llevó una mano al brazo, doliéndose del golpe recibido.

—¿Por qué le llaman el Destructor? —pregunté.

—¡Qué gracioso, mira lo que pregunta el niño! —exclamó él, como si estuviera clarísimo.

—Hijo, este hombre es el inspector más famoso del cuerpo de policía —explicó mi padre—. Tiene el récord de casos resueltos en todo el país.

–Bueno, bueno, no es para tanto –dijo él, sin dejar de sonreír en ningún momento–. Es cierto que he resuelto algunos asuntos complicados, pero he tenido suerte también.

–De suerte, nada: es un verdadero destructor –replicó mi padre–. Si yo hubiera resuelto todos esos casos, iría por ahí alardeando.

–Yo a veces también lo hago –dijo emitiendo una extraña risa. Se metió una mano en el bolsillo de la americana y sacó una medalla. La mostró como si fuera un trofeo único–. Es la medalla al mérito policial de grado uno. Solo se han entregado tres en toda la historia.

Aquel Salvatierra era un poco cargante con sus sonrisas y su forma de hablar levantando mucho la voz. Estaba claro que era un poco chulito y que estaba muy orgulloso de sí mismo.

Pero la verdad es que esa medalla molaba mucho. Colgaba de una cinta roja y era de oro brillante.

Alargué la mano para tocarla.

–Tch, tch, se mira pero no se toca –dijo el Destructor, retirando la mano con un movimiento rápido y guardándose la medalla de nuevo en el bolsillo.

–¿Y para qué ha venido al pueblo, inspector? –preguntó mi padre.

–Para probar la famosa hamburguesa con extra de queso. Ja, ja, ja, ja, ja, ja, ja –respondió.

No sé cuántos casos habría resuelto aquel rubiales.

Pero haciendo bromas era insoportable.

Salvatierra se giró e hizo una señal a otros dos hombres vestidos con trajes muy parecidos al suyo.

Al ver el gesto, los dos se retiraron y salieron del local.

El inspector se sentó a nuestra mesa.

–Tenemos muchas cosas de que hablar –dijo.

En ese momento, el camarero trajo nuestro pedido y dejó la bandeja sobre la mesa.

–Si gusta –dijo mi padre, tratando de ser amable.

–¡Y tanto que gusto!

Salvatierra agarró mi hamburguesa, abrió la boca como un tiburón y le dio un tremendo bocado.

No podía creérmelo.

Miré a mi padre con preocupación.

Se había comido casi la mitad de mi hamburguesa de un solo mordisco.

¿Es que se lo iba a consentir así como así?

Mi padre carraspeó.

–Es la hamburguesa del niño –empezó a decir él.

–¡Buenísima! –exclamó Salvatierra sin dejar de masticar.

Cogí rápidamente mi plato, antes de que se comiera el resto.

Cuando terminó de engullir, se limpió la boca con la mano. Llevaba un traje y una corbata muy elegantes, pero comiendo no era muy educado precisamente.

–Me encanta este pueblo –dijo, dejándose caer sobre el sillón–. Me va a dar mucha pena resolver el caso y marcharme.

–¿A qué caso se refiere? –preguntó mi padre.

Salvatierra el Destructor miró a su alrededor, como si fuera a decir algo muy importante.

–El robo al Banco Redondo –dijo.

Y añadió sonriendo:

–Tenemos una pista nueva sobre el botín.

18

–¿Ese señor es tu jefe? –pregunté, sorprendido.

–No exactamente –dijo mi padre.

Habíamos vuelto a casa. Estábamos los dos en la cocina, tomando un vaso de leche antes de acostarnos.

Mi madre aún no había regresado.

Salvatierra le había dicho a mi padre que al día siguiente a primera hora tenían que ir a Los Justos. Y luego le tenía que acompañar a un sitio a las afueras del pueblo. No se lo había preguntado. Simplemente, se lo había ordenado, con una de sus sonrisas interminables.

–¿Pero es tu jefe o no?

–Es un inspector muy conocido, y yo tengo que colaborar con él –trató de explicar mi padre–. Además, el caso del Banco Redondo es muy importante, y él tiene mucha experiencia, y todo el mundo sabe que el Destructor resuelve todos los robos y los misterios, por muy complicados que sean...

–O sea, que es tu jefe –zanjé, dando un trago a mi vaso de leche.

Mi padre se encogió de hombros.

–Un poco, sí.

–Yo creía que en el pueblo nadie era tu jefe –dije.

A mi padre le encantaba repetir que era su propio jefe.

Y que a él nadie le decía lo que tenía que hacer.

Y que lo bueno de vivir en un pueblo es que no tenía que aguantar a los jefazos de la capital diciendo cosas absurdas a todas horas.

Sin embargo, ahora resultaba que aquel rubiales le podía dar órdenes.

–Bueno, tú deja los temas de la policía para los mayores, que eres muy pequeño todavía.

Pensé que si mi padre supiera lo que yo tenía en el bolsillo del pantalón, a lo mejor no diría eso de que soy muy pequeño.

Pasé la mano por el exterior del bolsillo, simplemente para asegurarme de que allí seguía la servilleta doblada.

Salvatierra el Destructor no me caía bien: sonreía y se hacía el simpático todo el tiempo, pero era muy falso y se notaba que, en realidad, lo único que le interesaba era él mismo.

Si podía ayudar a mi padre con el caso, lo haría.

Pero aún no sabía cómo.

Y, por encima de todo, no quería acabar encerrado en el centro de menores.

Tenía que pensar muy bien qué hacer.

—Yo me voy a trabajar un rato al despacho —dijo mi padre, saliendo de la cocina—. Tú lávate los dientes y a la cama. Ah, y vete pensando el castigo que te vas a poner.

—Sí, papá.

El Destructor le daba órdenes a mi padre.

Y él me las daba a mí.

Así eran las cosas.

Una vez en la cama, volví a mirar despacio la servilleta. No me había dado tiempo a hacerlo.

Era un mapa hecho a mano con un rotulador negro.

Estaba lleno de anotaciones.

Había varios árboles dibujados, y arriba, en una esquina, ponía: «La Alamedilla».

La Alamedilla era un bosque a las afueras del pueblo. Lo llamaban así, pero, según nos había explicado la profesora de ciencias, en realidad no había ni un solo álamo; casi todos los árboles que había eran castaños, y también algunos pinos, por lo visto.

Casi en el centro del mapa, estaba la cruz negra dibujada. Justo por encima de dos líneas que cruzaban la servilleta diagonalmente de forma irregular, y en cuyo interior había unas rayas onduladas. No podía estar seguro, pero aquellas dos líneas parecían un riachuelo, y las ondulaciones debían ser el agua.

Por encima de la cruz había ocho círculos de distintos tamaños, muy cerca unos de otros, formando un semicírculo. Había una flecha y ponía «las ocho piedras». Imagino que serían rocas bastante grandes que podría reconocer si las veía, porque había muchas piedras en aquel bosque.

A la izquierda, justo al lado de la cruz, había otra anotación entre comillas, «el abuelo». No tengo ni idea de a quién se podía referir. Exactamente ponía «el abuelo» y «veintitrés pasos». ¿Un abuelo que daba veintitrés pasos? Era un poco raro, la verdad.

Más alejado, hacia un extremo del mapa, había un puente dibujado y otra nota: «Bajar desde el puente de madera».

También había algo parecido a una pequeña casa. Que yo recordara, en el bosque de la Alamedilla no había ninguna casa. Habíamos ido muchas veces de excursión con el colegio, y también con mi familia, y nunca había visto una casa por ninguna parte.

Por último, en el margen derecho, había un dibujo muy raro de una figura geométrica que no se entendía. Pero, al lado, una anotación lo explicaba: «Fuente de Dinamarca». Conocía perfectamente esa fuente; era de piedra y estaba casi a la entrada del bosque según ibas desde el pueblo. Tenía una inscripción en una chapa metálica en la que se podía leer: «Fuente de Dinamarca», porque al parecer la construyeron hace muchísimos años unos ingenieros daneses que habían estado estudiando el bosque.

Me alegré de reconocer al menos una cosa en el mapa.

Eso significaba que era real.

Y que la persona que lo había dibujado había estado de verdad en ese bosque.

Supongo que lo había hecho la propia Laoi Chai San.

Era la única que sabía dónde estaba enterrada la mochila.

Bueno, ahora yo también lo sabía.

Me quedé mirando la cruz negra durante un rato.

Imaginé cuánto dinero podría haber dentro de la mochila.

Si eran billetes grandes y había llenado la mochila, seguramente sería un botín enorme.

El Destructor había dicho en el burger que tenían una pista. Sin embargo, no creo que fuera una pista tan buena como aquella servilleta.

¿Qué hacer?

Tal vez podía ir al bosque a desenterrar la mochila.

Y después entregársela a la policía.

Así sería un héroe.

¡El niño que había encontrado el botín del Banco Redondo!

Y me perdonarían por haberle dado los planos del centro a Laoi Chai San.

Y puede que incluso me dieran una medalla como la del Destructor.

Para que ocurriera todo eso, tenía que ir al bosque con el mapa, encontrar la mochila y traerla de vuelta.

No sería fácil.

Pero si me esforzaba, podía conseguirlo.

Me entraron ganas de hablar con mis amigos.

Con Camuñas.

Y con Helena con hache.

Y con todos los demás.

Decirles que me había metido en un buen lío.

Y pedirles ayuda.

También les podía consultar lo del castigo. A lo mejor se les ocurría algo a ellos.

Iba a escribirles un wasap, pero entonces me di cuenta.

No tenía móvil.

Se lo había quedado Laoi Chai San.

Estaba incomunicado.

En ese momento aún no lo sabía, pero lo del móvil me iba a traer un montón de problemas.

Al día siguiente, en el colegio, me iba a encontrar con una sorpresa muy gorda.

En el colegio Soto Alto, las clases empiezan a las nueve en punto de la mañana.

Ese martes de septiembre, yo llegué a las nueve menos diez minutos a la verja de entrada.

Nada más cruzar la valla, se me acercó Tomeo.

Me miró riéndose.

Y me dijo:

–Chai San.

Lo dijo en un tono extraño.

Como si fuera una clave que yo debía entender.

A continuación, lo repitió haciéndose el gracioso:

—Chai San.

Yo le observé sin entender nada.

¿Qué le pasaba?

¿Por qué repetía aquel nombre?

¿Se habría enterado de que la había visitado el día anterior?

Y aunque así fuera, ¿por qué se reía?

Por si no tenía suficiente con Tomeo, de inmediato llegó Camuñas a nuestro lado.

Poniendo una voz muy rara, dijo:

—Chaaaaai San.

Tomeo y Camuñas chocaron sus manos y se rieron otra vez.

—¿Se puede saber qué os pasa? —pregunté.

—Nada, nada —dijo Camuñas conteniéndose la risa—. Por nosotros, todo bien.

—Exacto, todo genial —añadió Tomeo.

Y volvieron a reírse.

¿Es que se habían vuelto locos?

Mientras entrábamos en el edificio, aún repitieron un par de veces más:

—Chai San.

Lo pronunciaban alargando la «a» o la «i», como si así tuviera más gracia.

—Chaiiiiii San.

Cuanto más lo decían, más divertido les parecía.

Creo que podrían haberse tirado así toda la mañana.

Entonces apareció Toni.

—Mira el espabilado —dijo señalándome—. Anda, que ya te vale.

—¿De qué hablas? —pregunté.

—Pues de qué va a ser —respondió poniendo cara de que estaba clarísimo—. De Chai San, esa chica tan «especial».

Al escucharle, Tomeo y Camuñas volvieron a reírse.

Incluso el propio Toni se rio.

Viendo que a todos les hacía mucha gracia, dijo:

—Ayyyyyyyyy, Chai San, mi pirata favorita.

Los tres se partían de risa.

Estaba claro que era una broma que yo no entendía.

No podía comprender por qué me miraban cada vez que decían ese nombre y, a continuación, se reían.

Daba la impresión de que se reían de mí.

Si supieran lo de la mochila enterrada con el dinero y el mapa y todo lo demás, no creo que se rieran tanto.

Tuve que aguantar que siguieran con las bromitas un buen rato.

Ya estábamos en la puerta de la clase, a punto de entrar.

—No esperaba eso de ti, Pakete.

Me giré.

Allí estaba Helena con hache.

Ella no se reía.

Al revés: parecía muy seria.

A su lado estaba Marilyn, que tampoco dejaba de mirarme.

—Estarás contento —dijo Marilyn.

—¿Yo? —pregunté.

Cada vez entendía menos.

Unos se reían de mí.

Otros se enfadaban.

Y yo seguía sin comprender absolutamente nada.

—No te hagas el inocente —dijo Helena.

Ella se cruzó de brazos y se dio la vuelta.

—Ha sido muy feo —dijo Marilyn.

—Pero si yo no... —traté de defenderme.

—Tú sí —me cortó Marilyn—. Son cosas que no se dicen. Y mucho menos, delante de todo el mundo.

—¿Pero qué he dicho? —volví a preguntar.

—Lo estás estropeando más todavía —dijo Marilyn.

—Reconócelo, que no pasa nada —dijo ahora Anita, que acababa de llegar a la puerta de la clase.

Por lo que se ve, todo el mundo sabía lo que estaba pasando allí menos yo.

Camuñas repitió una vez más:

—Chaiiiiiiiii San.

Y los demás se rieron.

Bueno, no todos.

Porque Helena seguía de espaldas a mí, sin hablarme ni mirarme.

—Chicos, no es para reírse —le dijo Marilyn a Camuñas.

—Pues yo creo que sí —replicó Toni.

Y sin más, soltó:

—Chai San, eres tan especiaaaaal.

Tomeo se puso rojo de tanto reírse.

Ocho y Angustias también aparecieron y, nada más verme, me señalaron y empezaron a murmurar.

No podía soportarlo más.

¡No tenía sentido!

Miré a un lado y a otro y exclamé:

—¡Ya está bien! ¡No tengo ni idea de qué estáis hablando! ¡Estoy harto de que os riais de mí! ¡Y también de que os enfadéis! ¡Yo no he hecho ni he dicho nada, lo prometo!

Al escucharme, Helena se dio la vuelta de inmediato.

Me acercó su teléfono móvil.

Y me preguntó:

—Entonces, ¿quién ha escrito esto?

Cogí su teléfono.

Tenía abierto el grupo de wasap de los Futbolísimos.

Me bastó con echar un vistazo a algunos de los mensajes que aparecieron en la pantalla para entenderlo.

Pakete, o sea, yo, había estado chateando la noche anterior.

En realidad no había sido yo, claro.

Había sido Laoi Chai San.

Pero eso ellos no lo sabían.

Y yo no se lo podía contar.

Leí lo que supuestamente había escrito yo mismo:

Pakete: El año pasado me gustaba Helena con hache. Y nos dimos un bso.

¡Ostras!

Yo jamás diría algo así.

Nunca contaría a los demás que me gustaba Helena.

Y mucho menos lo del beso.

Laoi Chai San se había aprovechado de lo que habíamos hablado en la sala de visitas.

Un poco más abajo, la conversación seguía.

Otro wasap que se supone que había escrito yo:

Pakete: ¡Pero ya no me gusta! ¡Quiero q lo entendáis todos: Helena no m gusta nada d nada!

Eso tampoco lo diría.

Vale, de acuerdo: alguna vez he dicho que no me gusta Helena.

Pero lo he dicho para que no se me notara que en realidad sí me gusta. No sé si me explico.

En cualquier caso, nunca lo diría delante de todo el grupo.

Laoi Chai San se había hecho pasar por mí.

Cuando me quitó el móvil, pensé que a lo mejor lo utilizaba para comunicarse con otras personas. Para intentar escapar o algo así. No me podía imaginar que lo hiciera para escribir cosas en mi nombre.

Y eso no era lo más fuerte.

Después de los comentarios y las reacciones de mis compañeros en el grupo, había seguido diciendo más cosas en el chat.

Pakete: Hoy he conocido una chica muy special q m gusta.

...

Pakete: Se llama Almudena y m gusta muchísimo.

...

Pakete: Todos la conocéis, es Laoi Chai San.

...

Y lo más gordo venía al final.

Tuve que apoyarme en la pared cuando lo leí.

No me lo podía creer.

Pakete: Stoy dseando darle un bso a Chai San y pedirle q sea mi novia.

...

¡Era demasiado!

Ahora entendía las risas y las bromas de los demás.

Levanté la vista.

Helena me miraba muy fijamente.

Me quitó su móvil de la mano.

—A mí me da igual quién sea tu novia —dijo—. Pero no hacía falta que contaras nada de nosotros en el chat.

Pensé en decirle la verdad.

Que yo no había escrito eso.

Que Laoi Chai San me había quitado el teléfono.

Que no me había atrevido a denunciarla.

Que muy pronto recuperaría el botín del Banco Redondo y sería el héroe del pueblo.

Y, sobre todo, que esa niña del parche no me gustaba ni lo más mínimo, y que yo no quería darle ningún beso, y mucho menos que fuera mi novia.

Es más, que si tuviera que elegir una chica de todo el mundo para que fuera mi novia, sería ella: Helena con hache.

Pensé en decírselo todo de golpe.

Allí mismo.

En el pasillo del colegio, junto a la puerta.

Y que pasara lo que tuviera que pasar.

Me daba igual.

Estaba dispuesto, aunque me costara muchísimo.

Abrí la boca y empecé a decir:

—Helena, la verdad es que...

No pude continuar hablando.

Justo en ese instante, ¡sonó la sirena!

Eran las nueve en punto.

Empezaban las clases.

La sirena sonaba muy fuerte por todo el colegio. Era la señal para sentarse en los pupitres y sacar los libros.

Todos entraron corriendo a las aulas, incluyendo a Helena.

En medio segundo, el pasillo se quedó desierto.

Me dejaron allí solo.

Con la palabra en la boca.

Para una vez que me decidía, no pude decir lo que de verdad pensaba.

¿Qué más cosas habría hecho Chai San con mi teléfono móvil?

Solo de pensarlo, me puse muy nervioso.

Tenía que acabar con esa situación cuanto antes.

—¿Por qué no estás en clase?

Al fondo del pasillo apareció el director del colegio, Esteban.

—Tendrías que estar ya en clase —repitió.

—Sí, ahora mismo voy.

En lugar de regañarme, el director se acercó a mí y dijo sonriendo:

—Tengo buenas noticias para el equipo de fútbol, jovencito.

Parecía muy contento.

—Qué bien —dije.

Añadió:

—He solucionado el tema con Los Justos.

—¿Ah, sí?

Asintió convencido. Estaba muy satisfecho.

Respiré aliviado. Por lo menos, una cosa salía bien.

—Hemos llegado a un acuerdo —dijo—. Vamos a jugar un partido de desempate, y el que gane jugará la Liga Intercentros.

–¿Cómo?

–Pues eso, que vamos a jugar un partido contra Los Justos –explicó–. El equipo que gane jugará la liga. Es un trato buenísimo. Somos mucho mejores que ellos.

¿Teníamos que jugar otra vez contra Los Justos?

Era un disparate.

¡Si la última vez ni siquiera pudimos acabar el partido!

Y eso que era un amistoso.

Ahora que había algo importante en juego, no quería ni imaginar de lo que serían capaces.

Eso no era solucionar las cosas.

Al contrario, era empeorarlas.

Pregunté temeroso:

–¿Y el equipo que pierda?

Esteban negó con la cabeza.

–De eso no te preocupes. Vamos a ganar seguro.

–Ya, ya –insistí–. Pero al equipo que pierda, ¿qué le pasará?

El director resopló resignado.

Y dijo:

–Se quedará fuera de la liga. Sin fútbol. Sin equipo. Y sin nada.

–Novecientas setenta y dos flexiones –anunció Alicia.

–¿Qué?

–¡Pero eso es imposible!

–¡Es injusto! –exclamó Camuñas.

–¡Yo ayer hice más de cincuenta! –dijo Toni.

–¡Y yo en mi casa, esta mañana, he hecho otras veinte! –aseguró Tomeo.

–¿Y eso cómo podemos saberlo, si nadie te ha visto? –preguntó Anita.

–Pues porque las he hecho –respondió Tomeo–. Además, ¿tú de parte de quién estás?

—Yo siempre estoy de parte de la razón y la verdad —zanjó Anita.

—Empollona.

—Zampabollos.

—Marimandona.

—Gordinflón.

—No uséis esas palabras —intervino Felipe.

En un momento, se lio una discusión absurda entre todos.

—No discutáis, por favor —dijo Esteban—. Nos jugamos el futuro del equipo en el partido contra Los Justos.

Todos nos callamos de golpe.

Estábamos en mitad del campo de fútbol, preparados para el entrenamiento.

Además de nosotros nueve, allí se encontraban también Alicia, Felipe y Esteban.

Camuñas levantó la mano.

—Es que no podemos jugar ningún partido hasta que hagamos las mil flexiones —dijo.

—Son muchísimas —añadió Ocho.

—Teniendo en cuenta que tenemos que jugar un partido decisivo, tal vez podemos dejar las flexiones para más adelante —intercedió Esteban.

Todos nos giramos hacia Alicia.

—Os quedan novecientas setenta y dos flexiones —dijo ella—. Y hasta que no las hagáis, no hay fútbol.

–Mujer, tampoco hay que exagerar –dijo el director del colegio.

–Yo no exagero, Esteban –respondió ella, muy segura–. Los niños deben aprender que las cosas tienen consecuencias. Además de jugar al fútbol, tenemos la responsabilidad de darles una educación. Y yo creo que si se dice «mil flexiones», eso significa exactamente mil flexiones.

–Claro, claro, si tienes toda la razón –siguió Esteban–. Sin embargo, a veces no hay que ser tan estricta.

–No lo sabes tú bien –intervino ahora Felipe.

–¿Qué quieres decir con eso? –le preguntó Alicia, girándose hacia él.

–Nada, que yo estoy siempre de acuerdo contigo –trató de arreglarlo el entrenador.

–Mejor vamos a dejarlo –zanjó Alicia–. La cuestión es que os quedan novecientas setenta y dos flexiones, y hasta que no hagáis todas, no habrá partido ni liga.

–Suponiendo que haya liga –murmuró Toni.

–No digas esas cosas –le dijo Esteban–. Sois un equipazo. Habéis ganado torneos increíbles. Habéis conseguido grandes hazañas. Estoy seguro de que podréis ganar a esos niños del centro de menores sin problemas.

Nadie contestó.

Estaba claro que el director no había visto cómo se las gastaban los piratas de Los Justos en un campo de fútbol.

La idea de volver a jugar contra ellos no era lo más apetecible del mundo.

El director nos había explicado que la negociación no había sido sencilla.

La Liga Intercentros quería ponernos una sanción ejemplar por haber abandonado el partido en el descanso. Para evitar que se repitiera algo así.

Por lo visto, el entrenador de Los Justos era quien había intercedido por nosotros. El comisario Al-Husayni había propuesto que todo se decidiera en un partido.

Jerónimo Llorente había aceptado a regañadientes, con dos condiciones.

La primera, que el partido se jugara en el campo de Los Justos. En el mismo lugar donde habíamos abandonado el partido amistoso a medias. Y la segunda, que el partido se jugara al día siguiente, miércoles.

—¿¡Mañana!? –preguntó Marilyn, asustada.

—La liga empieza este fin de semana –explicó Esteban–. No había otra opción.

—Pero no hay tiempo para preparar el partido –protestó Ocho.

—A mí mañana me viene fatal –dijo Angustias.

—Hombre, Esteban, no nos habías dicho que el partido era mañana –le dijo Alicia, preocupada–. Los chicos tienen razón.

—No nos quedemos en los detalles sin importancia –se excusó él–. Lo fundamental es que, si ganamos, todo volverá a la normalidad. Os prometo que no ha sido fácil convencer al presidente de la liga. Os quería expulsar directamente.

—No, si al final encima tendremos que darles las gracias a Los Justos –dijo Helena, que llevaba todo el día muy seria.

–Nos van a freír a patadas –se lamentó Tomeo.

–Yo mañana, precisamente, tengo natación –dijo Angustias mirando su móvil–. Lo siento, pero no creo que pueda ir.

–¿A qué hora tienes natación? –le preguntó Camuñas.

–A la misma hora del partido –respondió Angustias.

–Pero si todavía no sabes a qué hora es.

–Da igual –se defendió Angustias–. Seguro que es a la misma hora. ¡Además, que yo no quiero volver a ese campo! ¡Nos van a lesionar a todos! ¡Y la niña del parche, que es la novia de Pakete, me da mucho miedo!

Los mayores se quedaron helados al escuchar aquello.

–Pakete –dijo Esteban, interesado–, ¿una niña de Los Justos es tu novia?

Yo estaba a punto de estallar.

Me había puesto rojo, azul y de todos los colores posibles.

–¡Que no es mi novia! ¡Yo nunca he dicho eso! –grité.

–No es su novia porque todavía no se lo ha pedido –intervino Camuñas–. Pero a lo mejor mañana, durante el partido, aprovecha para decírselo.

–Ah, pues me parece muy bien –siguió el director–. Hay que estrechar lazos con los internos y las internas del centro de menores. Tienes todo mi apoyo, que lo sepas.

–Yo no quiero estrechar lazos ni quiero que sea mi novia –intenté decir.

–Anda, no seas vergonzoso –me cortó Esteban–. Si es muy bonito eso. Y además, que estás en la edad.

Pufffffff.

Era muy complicado de explicar, así que decidí callarme y no empeorar las cosas.

–Son unos brutos y solo saben dar empujones y patadas –repitió Angustias.

–Bueno, bueno... Tampoco exageremos –dijo Esteban sonriendo–, que solo son unos niños y niñas, con sus problemas y sus cosas, como todos. Ni siquiera son un verdadero equipo de fútbol.

–Ese es el problema –dijo Alicia.

–¿Cuál?

–Que no juegan al fútbol –sentenció ella.

Tenía razón.

No intentaban jugar.

Solo dar golpes.

Para colmo, el partido sería otra vez en su campo.

Nos lo íbamos a jugar todo contra Los Justos.

Si ganábamos, nos quitarían la sanción por abandonar el partido del domingo. Y podríamos jugar la liga.

Pero si perdíamos, nos quedaríamos fuera de la competición. El colegio se quedaría sin equipo de fútbol. Y el equipo del Soto Alto... desaparecería.

No era la primera vez que nos enfrentábamos a algo así.

De hecho, el curso pasado ya tuvimos que jugarnos la participación en la liga contra un colegio nuevo: el Ibyss.

Pero era la primera vez que jugábamos un partido oficial contra un equipo tan peligroso.

Y en su campo. Dentro de una cárcel. O de un centro de menores, que cada uno lo llame como prefiera.

—Ah, una última cosa —dijo Esteban.

—¿Otra más? —preguntó Alicia.

—El árbitro será el mismo del pasado domingo —explicó el director—. Al parecer, el chico es el sobrino de Jerónimo Llorente y ha hecho un informe sobre vuestro comportamiento durante el partido. Dice que estuvisteis protestando sin parar y que incluso tuvo que expulsar al entrenador.

Lo que faltaba.

Aquel chico con gafas enormes iba a ser de nuevo el árbitro.

La cosa iba de mal en peor.

—Nos van a freír a patadas y nadie lo va a impedir —se lamentó Tomeo.

—Eso ya lo has dicho —le dijo Marilyn.

—Ya, pero tiene toda la razón —dijo Toni.

—Vamos, que no se diga. Somos el equipo del Soto Alto —dijo Esteban—, y jamás nos rendimos. Bueno, yo ahora os dejo, que tengo mucho que hacer. Mañana a las seis en punto será el partido.

Sin tiempo para más, se alejó del campo de fútbol.

—No entiendo por qué quiere arbitrar otra vez ese chico —dijo Felipe—. Si no le gustó nuestro comportamiento, no hace falta que vuelva, digo yo.

–A lo mejor es para expulsarte otra vez cuando pierdas los nervios y te pongas a gritarle –le respondió Alicia.

–O a lo mejor es para recordarte que no te olvides de sonreír al entrenador contrario aunque nos machaquen –dijo Felipe.

Los dos se miraron con cara de pocos amigos.

–No empecemos otra vez, que nos conocemos –dijo ella.

–Eso, mejor no empecemos –dijo él.

Encima de todos los problemas, el árbitro estaba en nuestra contra.

Y nuestros entrenadores seguían picados entre ellos.

Alicia dijo que daba igual que el partido fuera al día siguiente.

Teníamos que hacer las flexiones.

O no habría partido.

Fuimos hacia un extremo del campo.

Dispuestos a empezar otra vez con las flexiones.

–¿Es que no vas a decir nada? –me preguntó Helena al pasar a mi lado.

Me pilló por sorpresa.

–Yo no... o sea, que lo del partido es una faena... –empecé a decir.

–No estoy hablando del partido –dijo ella.

–¿Y a qué te refieres?

–Pues a tu novia. Por lo que se ve, hasta el director te ha dado su bendición.

–¡Pero si ya he dicho que no es mi novia y que no quiero nada con ella!

—No lo has dicho muy convencido.

—Es que todo es muy complicado —dije, pensando en el teléfono móvil y en el mapa y en la cantidad de cosas que Helena no sabía.

—Yo lo veo muy sencillo: antes te gustaba otra persona y ahora te gusta Laoi Chai San —dijo Helena—. Lo has dejado muy claro.

Eso no era así.

La única que me había gustado siempre era Helena con hache.

Desde que la conocí.

Desde el primer momento.

Tenía que decírselo.

Sin dar más rodeos.

Ya.

—¿Vas a decir algo o no? —me preguntó Helena.

La miré y estuve a punto de decirle la verdad. Que era la chica más guapa y con los ojos más grandes de todo el colegio. Que siempre me había gustado. Que si tuviera una novia, me gustaría que fuera ella.

Pero no lo dije.

No sonó ninguna sirena.

Nadie apareció de repente.

Nada me lo impidió.

Simplemente, no me atreví.

Helena esperó unos segundos, observándome.

Yo me había quedado paralizado, incapaz de decir nada.

—Pues vale —dijo ella.

Y se dio la vuelta.

En dirección a la portería donde estaban los demás.

Yo también me encaminé hacia allí.

Me agaché al lado de Camuñas y comencé a hacer flexiones.

Alicia iba contando en voz alta.

Cuenta atrás.

—Novecientas setenta y una. Novecientas setenta. Novecientas sesenta y nueve...

—¿Tú crees que nos van a perdonar las flexiones? —me preguntó Camuñas en voz baja.

—No creo —dije yo mirando a nuestra entrenadora, que parecía muy segura de lo que hacía.

Todo estaba saliendo mal.

Laoi Sai Chan se hacía pasar por mí.

Me chantajeaba.

Yo había mentido a mi padre.

Le había entregado los planos de la policía a una interna.

Tenía escondido un mapa del lugar donde estaba enterrado el botín de un gran atraco.

Además, mañana teníamos que jugar un partido a vida o muerte.

Contra el equipo más peligroso que yo había visto en toda mi vida.

El árbitro estaba en nuestra contra.

Nuestros entrenadores, peleados.

En lugar de preparar el partido, lo único que hacíamos eran flexiones.

Y de remate, Helena con hache estaba enfadada conmigo.

¿Qué más podía pasar?

—¡Pakete, alguien te está buscando!

Me di la vuelta.

En una esquina del campo apareció una persona a la que reconocí de inmediato.

Con su traje y su corbata impecables.

Su pelo rubio perfectamente peinado.

Y una sonrisa de oreja a oreja.

Era Salvatierra el Destructor.

Me hizo un gesto con la mano.

—Ven, chavalote, que tenemos que hablar un ratito —me dijo.

Me puse en pie, ante la mirada de mis compañeros.

Crucé el campo.

Y llegué hasta la línea de banda, donde me esperaba el inspector.

Me pasó la mano por la cabeza, revolviéndome el pelo.

Supongo que quería hacerse el simpático. Pero es una de las cosas que más odio: cuando un mayor te da un pellizco o te revuelve el pelo. Deberían pensar si les gustaría que se lo hicieran a ellos.

—¿Ha pasado algo? —pregunté.

—Nada, no te preocupes —dijo—. Solo quiero hacerte unas preguntas sobre el caso del robo al banco.

—¿A mí? —pregunté sorprendido.

Sonrió aún más si cabe, mostrando su dentadura blanquísima.

—Me han dicho que ayer tuviste una charla con esa niña del centro de menores, Almudena García —me dijo.

—No he hecho nada malo —me apresuré a decir.

—Lo sé, no te preocupes —dijo Salvatierra—. Solo quiero que me cuentes todo lo que hablaste con ella. Es muy importante.

Sus ojos azules no me quitaban ojo.

Repitió:

—Absolutamente todo.

–¿Esa niña te habló del atraco al Banco Redondo?

Pensé la respuesta antes de contestar.

Y recordé el lema pirata: «No miento. No me chivo. Y no me fío».

Desde luego, yo no quería mentir a un inspector de policía.

La verdad es que ella no me había hablado directamente del atraco: era yo quien le había preguntado.

–No.

–¿No mencionó en ningún momento el atraco?

–No.

Salvatierra apuntó algo en una pequeña libreta que había abierto.

Nos encontrábamos sentados dentro de su coche. Aparcados frente al colegio. Era muy raro estar allí metidos mientras hablábamos.

Afuera pasaba la gente caminando tranquilamente. Pude ver algunos profesores que cruzaban la calle también.

Aunque no estuviésemos en comisaría, estaba claro que aquello era un interrogatorio.

−¿De qué hablaste con ella? −continuó.

−Me preguntó si yo tenía novia −respondí lo primero que me vino a la cabeza.

El Destructor me miró de reojo.

Supongo que no se esperaba aquello.

−¿Te preguntó si tenías novia?

−Sí.

−¿Y qué dijiste?

−La verdad: que no tengo novia. Yo siempre digo la verdad.

Volvió a apuntar algo en la libreta.

−¿Almudena García, la ladrona infantil más famosa del país, quería ser tu novia?

−Hummmmm... No lo sé.

−¿No sabes si quería ser tu novia? ¿O no sabes que es la ladrona más famosa?

−Ninguna de las dos cosas.

−Ya veo.

De vez en cuando apuntaba algo en la libreta, lo cual me ponía un poco nervioso. No creo que nada de lo que yo dijera fuera tan interesante.

Tal vez lo hacía justamente para eso: para ponerme nervioso.

Lo estaba consiguiendo.

Siguió haciendo preguntas.

–¿Qué te contó Almudena sobre el atraco?

Esta vez me sorprendió la pregunta. En realidad, había respondido a eso nada más empezar. Creo que estaba intentando pillarme de alguna forma.

–Ya le he dicho que no me contó nada del atraco al Banco Redondo. Ni de la mochila, ni de nada.

Salvatierra dejó de escribir.

Había captado su atención.

–¿Cómo sabes que se llevó el botín en una mochila? –preguntó.

Glups.

–Lo ha dicho usted –contesté.

–Yo no lo he dicho.

Vaya. Había metido la pata.

Me vino a la cabeza el informe que había leído en la carpeta de mi padre. Allí lo ponía seguro. Aunque también me sonaba haber oído algo de la mochila en televisión.

–Todo el mundo lo sabe –respondí, tratando de mostrarme tranquilo–. Es un atraco que salió muchas veces en las noticias.

Se quedó en silencio un rato.

No parecía convencido.

Tal vez esperaba que yo dijera algo más.

Así que aproveché que estaba callado para lanzar yo una pregunta.

–¿Qué pista nueva tienen sobre el atraco?

Él me miró.

–¿Y por qué crees que tenemos una pista nueva? –me preguntó él.

–Es lo que le dijo anoche a mi padre.

–Veo que estás muy atento a todo lo que digo.

–Me gusta prestar atención.

Mis profesores del colegio seguramente no estarían de acuerdo. Pero esa era otra historia.

–¿Qué más te dijo Laoi Chai San?

Por primera vez, había utilizado ese nombre.

–Me dijo que, cuando saliera, a lo mejor podría ser de su banda de piratas.

–Muy interesante. ¿Te habló de su banda?

–No.

–¿Y tú quieres ser de su banda?

–Creo que no.

–¿Estás seguro?

–Segurísimo.

De nuevo escribió algo en su libreta.

—Escucha: si me quieres contar algo más, este es el momento
—dijo, volviendo a mostrarme su enorme sonrisa—. Adelante,
no tengas miedo. Me puedes contar cualquier cosa.

No me gustaba el tono de su voz.

Ni su corbata.

Ni su pelo rubio perfecto.

Y, sobre todo, no me gustaba que siempre estuviera sonriendo.

No era alguien de quien te fiarías a primera vista. Por mucho
que fuera un policía muy importante y tuviera una medalla.

De pronto, alguien golpeó en la ventanilla del coche.

Toc, toc, toc.

Era mi madre.

Volvió a golpear con la mano en la ventanilla.

–¿¡Qué hace ahí dentro con mi hijo!? –exclamó mi madre.

Parecía fuera de sí.

Y cuando mi madre se pone nerviosa, es capaz de cualquier cosa.

–¡Socorro, están secuestrando a mi hijo! –gritó mi madre, golpeando el capó del automóvil–. ¡Cariño, sal de ese coche! ¡Corre!

Yo mismo me quedé muy sorprendido al oír a mi madre.

Salvatierra abrió la puerta como pudo y salió.

–Señora, no... no soy ningún secuestrador... Soy inspector de policía... ¡Por favor, no le dé más golpes al coche, que es nuevo!

—¡Ni inspector ni nada! ¡Es usted un secuestrador de niños!
—insistió mi madre–. ¡Vergüenza debería darle, hacerse pasar
por policía!

Y sin más, mi madre le pegó una patada en la espinilla a Salvatierra.

Y otra más.

—Ayyyyyyyyyyyyyyyyyyyyyyyyy...

El inspector se dolió.

Y se quedó a la pata coja.

—¡Aprovecha ahora, cariño! —me dijo mi madre, haciéndome señas–. ¡Huye, huye, que yo me encargo de este maleante!

Y le dio un bolsazo tremendo en la cara.

—¡Oiga, no siga pegándome! —protestó Salvatierra, protegiéndose como podía.

Pero mi madre estaba imparable.

—¡Mi marido sí que es policía! ¡Se va a enterar usted cuando se
lo diga!

Y zasca.

Otro bolsazo, en la cabeza.

Zasca.

Y otro más, en un costado.

Le estaba metiendo una buena paliza.

Para ser sincero, creo que podría haber salido antes del coche
y haber dicho algo. Pero estaba disfrutando con el espectáculo.

Al fin, me asomé y dije:

–¡Mamá, es el inspector Salvatierra! ¡Es amigo de papá, anoche estuvimos con él!

Mi madre se quedó paralizada.

Miró a Salvatierra, que estaba arrinconado contra el coche, con una mano en la cabeza y otra en la espinilla.

Después me miró a mí.

–¿Es policía de verdad?

–Sí.

–¿Y es amigo de papá?

–Sí.

Mi madre bajó el bolso con el que le amenazaba.

–Haberlo dicho antes, hijo –exclamó mi madre–. Perdone, señor inspector. Es que yo conozco a todos los policías de la zona, y a usted no le había visto nunca.

–No pasa nada –respondió él, mientras trataba de recomponerse.

–Ay, qué patadas le he metido en la espinilla. Esas son de las que duelen –se excusó mi madre–. ¿Está usted bien?

–Sí, sí, no se preocupe. Soy el inspector Salvatierra, de la central de Madrid. Encantado, señora –dijo, dándole la mano a mi madre y mostrando su sonrisa blanquísima y perfecta a pesar de todo.

Ella ahora le observó un poco más detenidamente.

–Yo soy Juana. Encantada también –dijo mi madre–. Mira que confundirle con un maleante, con lo simpático y lo... rubio que es usted.

Poco a poco, Salvatierra se fue arreglando el traje y poniéndose derecho. Aunque se notaba que seguía doliéndole la espinilla.

—Siento haberle asustado con su hijo —dijo el inspector.

—Al contrario: yo siento haberle sacudido. Menudo viaje le he metido a lo tonto, ¿eh, inspector? Je, je.

—Un poco sí. Ja, ja.

Los dos rieron al mismo tiempo.

—Bueno. Si ya está todo claro, yo me vuelvo al entrenamiento —dije—, que tengo que hacer mil flexiones.

—Cariño, pero si he venido a buscarte para ir a casa —protestó mi madre.

Qué manía les había entrado con venir a recogerme.

—Es que mañana tenemos un partido muy importante, y hoy el entrenamiento va a ser un poco más largo de lo normal, me parece —expliqué—. De verdad, tengo que volver. Luego te veo.

Sin darle tiempo a que me dijera nada más, entré corriendo al colegio.

Mientras me alejaba, oí que Salvatierra y mi madre seguían hablando y que se reían un montón.

Por lo que se ve, aquel hombre era capaz de reírse en cualquier situación, pasara lo que pasara.

Cuando entré en el patio, vi que mis compañeros seguían en el campo.

Haciendo flexiones.

Aquello iba para largo.

Por mucho que nos esforzásemos, era imposible hacer mil flexiones antes del partido del día siguiente.

Pero no era el momento de ponerme a discutir.

Me agaché junto a mis compañeros.

A continuación, hice lo mismo que ellos: flexiones.

La voz de Alicia se oía alta y clara en el patio del colegio.

–Novecientas cincuenta y una... Novecientas cincuenta... Novecientas cuarenta y nueve...

Aquello se nos estaba yendo de las manos.

Entre el partido, las flexiones, el móvil, el mapa y todo lo demás, creo que nunca antes había estado tan agobiado.

Tenía que ponerme en marcha si quería solucionarlo.

Cuanto antes.

Miré a mis compañeros de equipo.

Y supe perfectamente lo que tenía que hacer.

Dije en susurros:

–Reunión urgente de los Futbolísimos.

Aquella noche, la cena en mi casa fue interminable.

Sentados en la mesa del salón estábamos mi madre, mi padre, mi hermano y yo.

Además, teníamos dos invitados.

Lorena, la chica del mechón azul.

Y Salvatierra el Destructor.

—Ay, Emilio, ¿cómo no me habías dicho que tienes un jefe tan majo? —preguntó mi madre—. ¡Y tan rubio!

El inspector y mi madre rieron ante la ocurrencia de ella.

Por lo que se ve, habían hecho muy buenas migas desde el encontronazo de esa tarde en la puerta del colegio.

—Es que no es mi jefe exactamente —dijo mi padre, que no parecía muy a gusto con aquella cena, mientras cogía un trozo de pizza—. Además, que solo está en el pueblo de paso.

—Pues yo creo que debería quedarse una temporada en Sevilla la Chica, inspector —sugirió mi madre.

—Por mí, encantado, Juana —respondió él comiendo a dos carrillos—, pero el deber me llama. En cuanto se aclare el caso del Banco Redondo, tengo que volver a mi puesto en la capital.

—Qué lástima.

Salvatierra engulló la pizza de un bocado y cogió rápidamente otro trozo de la bandeja.

—¿No tienes ensalada, mamá? —preguntó Víctor—. Es que Lorena y yo somos vegetarianos.

—¿Desde cuándo eres tú vegetariano? —preguntó mi padre.

—Desde hace mucho. Lo que pasa es que no te habías dado cuenta —dijo él.

—Yo no como carne ni pescado desde que cumplí ocho años —dijo Lorena, echándose su mechón azul a un lado—. En mi casa somos todos vegetarianos.

—¡Qué bien! —dijo mi madre—. Aquí comemos un poco de todo, pero vamos, que ahora mismo te sacamos una ensalada, no te preocupes. Emilio, ve a la cocina a por una ensalada para los niños.

Mi padre se levantó a regañadientes y fue a la cocina.

—¡Hala, a por la ensalada, cocinillas! —dijo Salvatierra, riendo y dándole un tremendo golpe en la espalda a mi padre.

—Cuidado con esos golpes. Je, je —respondió él, llevándose la mano a la espalda.

El inspector devoró otro trozo de pizza en un abrir y cerrar de ojos.

Si seguía a ese ritmo, se iba a comer él solo las dos enormes pizzas que teníamos para todos. Aunque ahora que mi hermano se había hecho vegetariano, tocábamos a más.

—Yo creía que el caso del Banco Redondo estaba ya cerrado —dijo Lorena—. En las noticias dijeron que la niña ladrona estaba en la cárcel.

—Lorena está preparando una web de información juvenil para el colegio —anunció mi hermano—. Sabe muchas cosas.

—Menuda joya —dijo mi madre—. Vegetariana, con el pelo azul y encima sabe de todo.

Desde la cocina, mi padre exclamó:

—¡No es una cárcel, es un centro de menores!

—Si hay rejas y la gente está retenida contra su voluntad, es una cárcel —replicó Lorena.

—Hasta que no recuperemos el botín, no se cerrará el caso —respondió Salvatierra—. Es nuestro deber como agentes de la ley.

Y dio otro tremendo bocado.

Parecía que no masticaba. Se metía la pizza en la boca y se la tragaba directamente.

—Cuando lo dice usted, suena como esos policías de las series de televisión —dijo mi madre, admirada—: «Es nuestro deber como agentes de la ley». Ja, ja, ja, ja, ja, ja...

El inspector también se rio.

—Qué sentido del humor. Así da gusto —dijo él, encantado, sin dejar de comer en ningún momento—. Y encima le doy un diez como cocinera: estas pizzas son una maravilla.

—Muchas gracias, inspector.

Y más risas.

—¡Pero si son congeladas! —protestó mi hermano.

—¡Víctor! —le regañó mi madre—. Hay que ver estos chicos de hoy en día, que no valoran nada.

—Yo sí que lo valoro —continuó Salvatierra—. ¡Ya lo creo!

Mi padre volvió con la ensalada y la puso delante de Lorena.

—Está aliñada con aceite de oliva y sal, todo muy sano —anunció—. Espero que te guste.

—Muchas gracias —dijo ella, y de nuevo se echó el mechón azul hacia atrás para empezar a comer.

—¿Y qué opinan tus padres de que te tiñas el pelo de azul? —preguntó mi madre.

—¡Les encanta! —respondió ella.

—La madre de Lorena también tiene un mechón azul y otro rojo —explicó Víctor.

—¿Ah, sí?

—Víctor también está pensando en teñirse el pelo de algún color —anunció Lorena.

Mis padres miraron a mi hermano con los ojos muy abiertos.

–No me habías dicho nada –dijo mi madre.

–Me lo estoy pensando –respondió Víctor, mientras comía ensalada.

–El naranja te quedaría genial –añadió Lorena.

Salvatierra soltó una carcajada.

–¡Hombre, Emilio, tíñete tú también de naranja y de azul! –dijo riendo.

–Me lo estoy pensando –contestó mi padre.

El inspector se metió ahora dos trozos en la boca al mismo tiempo. Era un verdadero espectáculo verle comer. Parecía que llevara un mes sin probar bocado.

–Qué gusto ver a un hombre comer con tanto apetito –dijo mi madre–. Es que Emilio últimamente está un poco desganado, no sé qué le pasa.

–¿Desganado yo? –protestó mi padre–. Pero si el domingo, sin ir más lejos, hice el famoso pastel de chocolate y gelatina de naranja.

–¡Mira el cocinillas! –espetó Salvatierra como si le hiciera mucha gracia, y le dio otro golpetazo en la espalda.

Mi padre se atragantó y empezó a toser.

–Respira, Emilio, respira. Ja, ja, ja, ja, ja, ja...

El inspector comía y se reía sin parar.

Yo los miraba a todos esperando que acabaran. Esa noche tenía planes importantes. Y hasta que no se fueran los invitados, no había nada que hacer.

Lorena y mi hermano tomaban unas hojas de lechuga, mientras el Destructor arrasaba las pizzas.

–Voy a sacar otra pizza familiar –dijo mi madre–. O mejor aún: ¡otras dos! ¡En esta familia siempre estamos preparados para una emergencia!

–¡Brindo por eso! –exclamó Salvatierra, y dio un trago a su cerveza mientras continuaba masticando.

Aquella cena tenía pinta de no acabarse nunca.

Yo me estaba poniendo un poco nervioso.

Había quedado con mis compañeros de equipo.

Teníamos reunión secreta de los Futbolísimos.

A las doce en punto de la noche.

Hasta que no se marcharan el inspector y Lorena, y luego mis padres y mi hermano se acostaran, yo no podría salir de casa.

Normalmente, mucho antes de esa hora, ya estamos todos durmiendo. Pero ese día eran más de las once y aún seguíamos en la mesa.

Después de un rato, pasamos a los postres. Mi madre había sacado un surtido de helados y batidos de la nevera.

–Un día es un día –dijo–. No todas las noches viene el Destructor a cenar a casa. Ja, ja, ja, ja, ja, ja...

Creo que podrían haber estado una semana entera comiendo y riendo sin parar.

Mi hermano agarró un enorme helado de vainilla.

–Yo no quiero, gracias –dijo Lorena–. Esos helados también tienen grasa animal.

De inmediato, Víctor dejó su helado en el centro.

–No pasa nada, yo puedo con todo. ¡Ja, ja, ja, ja, ja! –espetó Salvatierra.

Mis padres y el inspector empezaron a comentar la vida en el pueblo y a compararla con la de la ciudad, y otras cosas parecidas.

Aprovechando que los mayores se pusieron a hablar de sus cosas, mi hermano se acercó y me dijo en voz baja:

–Por tu culpa, los gatos siguen sin aparecer, enano.

–Esos gatitos necesitan ayuda –añadió Lorena.

–Lo siento... Yo no quería chivarme, lo prometo. Es que el motor del cortacésped estaba muy alto y...

Salvatierra escuchó algo de nuestra conversación y, mientras daba buena cuenta de un batido de fresa, soltó:

–A ver, chicos, ¿qué es eso de andar con secretos en la mesa?

–Si se lo tengo dicho –intervino mi madre–, que es de mala educación murmurar cosas delante de otras personas.

–No estamos murmurando. Estamos hablando –dijo Víctor.

–A mí no me contestes –dijo mi madre.

–Le estaba diciendo al enano que, por su culpa, siete pobres gatitos están ahí fuera solos y abandonados –soltó mi hermano.

–Es muy triste –dijo Lorena.

–¡No llames enano al enano! –intervino mi padre.

–¡Emilio! –le dijo mi madre.

–Perdón, se me ha escapado –se disculpó mi padre.

—Normal. Si es que el enano siempre lía alguna —dijo Víctor.

—Que no le llames así —le corrigió ahora mi madre.

—A mí me da igual —dije—. Mientras no me dé collejas...

—¿Has visto? —señaló mi padre—. Al niño le da igual que le llamemos enano.

—Qué familia tan pintoresca y tan graciosa. Ja, ja, ja, ja, ja, ja —dijo Salvatierra.

—No te pases, Destructor, que tú también tienes lo tuyo. Ja, ja, ja, ja, ja, ja, ja —respondió mi madre.

Como ya no querían tomar nada más, mi hermano acompañó a Lorena a su casa.

—Encantada, Lorena —dijo mi madre al despedirse.

—Lo mismo digo —respondió ella—. Deberías hacerte tú también un mechón, Juana. Un color violeta te iría genial.

—Ya lo pensaré, ya.

Después de que se marcharan, el resto de la noche discurrió según lo previsto.

El inspector acabó con todos los postres.

Mi madre y él siguieron hablando y riéndose.

Mi padre se quejó un par de veces.

Y yo miré el reloj un millón de veces, impaciente.

Hasta que, por fin, Salvatierra se fue.

Cuando salía, se cruzó con mi hermano, que ya estaba de vuelta.

Así que despedimos todos al inspector en la puerta.

—Ha sido un placer —dijo mi padre sin mucho entusiasmo, y un bostezo asomó a su rostro—. Vuelve cuando quieras.

—Pensaba regresar mañana por la mañana para desayunar. Ja, ja, ja, ja, ja —respondió él.

—Es usted imparable, inspector. Ja, ja, ja, ja, ja, ja, ja —dijo mi madre.

Después de unas cuantas bromas horribles, Salvatierra se fue de una vez por todas.

Y todos nos fuimos a la cama.

Bueno, todos menos yo.

Me aseguré de que la casa estaba a oscuras y en silencio.

Entré en el garaje. Cogí una pala y una linterna enorme que había en una estantería metálica. Y salí por la puerta de atrás.

Subido en mi bicicleta, atravesé el pueblo.

Rumbo a la reunión con los Futbolísimos.

Rumbo al bosque de la Alamedilla.

Se oyeron las campanadas de la iglesia a lo lejos.

Eran las doce en punto.

Pedaleé con fuerza.

Llegué a un camino de tierra donde había quedado con los demás.

Justo en la entrada del bosque.

Para mi sorpresa, mis compañeros de equipo no estaban allí.

No se veía a nadie.

Encendí la linterna.

Y apunté con la luz a mi alrededor.

Árboles.

Arbustos.

Unas rocas cubiertas de musgo.

Pero ni rastro de mis amigos.

Quizá habían decidido no venir.

Quizá habían cambiado el lugar de la cita.

Quizá habían pasado muchas cosas desde la última vez que los vi en el entrenamiento.

Si habían dicho algo por wasap, yo no me habría enterado.

Laoi Chai San seguía con mi móvil en su poder, y además podía decir cualquier cosa en mi nombre.

Cuando convoqué la reunión, les dije:

—Nos vemos a las doce en punto en el camino de entrada al bosque de la Alamedilla. Y, por favor, nada de wasap. Es muy importante.

—¿Por qué? —preguntó Anita.

—Luego os lo explicaré. Confiad en mí, por favor.

—No te hagas el misterioso —dijo Toni.

—Esta noche os contaré todo. Palabra.

—Qué manía con quedar en plena noche —protestó Angustias.

Nadie dijo nada más. Alicia y Felipe estaban allí y podrían oírnos. Seguimos con las flexiones hasta que ya no pudimos más, y luego nos marchamos.

Esperaba que me hubieran hecho caso.

Que acudieran a la reunión.

Y, sobre todo, que no hubieran utilizado el grupo de wasap.

Si Laoi Chai San se enteraba, no creo que le gustara que hubiese quedado con todos en el bosque. Me había dejado muy claro que no le contara a nadie lo del mapa.

Pero ya estaba harto de tantos secretos.

Entre nosotros, siempre nos contábamos todo.

Y eso era lo que pensaba hacer.

El ruido de una lechuza me sobresaltó:

Uuuuuh, uuuuuuh...

Giré la linterna, pero no vi nada.

El sonido se repitió:

Uuuuuuh, uuuuuuh...

Miré a mi alrededor. La verdad es que no me gustaba mucho estar solo en el bosque en plena noche.

Me fijé en algunos de los castaños que había delante de mí.

Parecían muy viejos. Seguramente era un efecto de las sombras nocturnas, pero daba la impresión de que me observaban.

–¿Hola? –pregunté en voz alta, con la esperanza de que alguno de mis compañeros me respondiera.

Pero nada.

–¡Si estáis escondidos, yo creo que ya podéis salir! –exclamé.

Tampoco hubo contestación.

Por tercera vez, subí el tono de voz y dije:

–¿Hay alguien?

La única respuesta que obtuve fue el sonido del viento.

Tal vez no había sido tan buena idea venir a la Alamedilla a media noche.

Agarré con fuerza el manillar de mi bicicleta. No sabía si dar media vuelta, o bien adentrarme en el bosque a buscar el botín, aunque tuviera que hacerlo yo solo. De esa decisión podían depender muchas cosas.

Decidí esperar un poco más.

Cada segundo que pasaba, me gustaba menos estar allí.

Se oían ruidos extraños que salían de la oscuridad.

Empecé a pensar en lobos y en otras criaturas.

Por mucho que trataba de enfocar con la linterna, no se veía nada.

Vale, lo reconozco: tenía miedo.

Yo creo que a cualquiera que estuviera solo a esas horas en el bosque le pasaría lo mismo.

Estaba a punto de darme por vencido y regresar a casa.

Cuando de pronto...

–¿Dónde te habías metido?

–¿Eh?

Me volví hacia la voz.

Detrás de mí aparecieron las luces de ocho bicicletas.

Camuñas, Tomeo, Anita, Marilyn, Angustias, Toni y Helena con hache.

¡Allí estaban!

¡Montados en sus bicicletas!

Marilyn me señaló y repitió:

–¿Dónde te habías metido?

–¿Yo? –pregunté extrañado–. Yo llevo aquí esperando un buen rato.

–Habíamos quedado en el camino de entrada al bosque –protestó Tomeo–, y este es el de salida.

–¿Pero qué salida ni qué entrada? –dije sin comprender nada–. Solo hay un camino.

–Ya os dije que se había perdido seguro –murmuró Ocho.

–No me extraña. Si es que no se ve nada –añadió Camuñas.

–¿Nos vamos ya? –preguntó Angustias.

–Si acabamos de llegar... –dijo Toni.

–Por eso: cuanto antes nos vayamos, mucho mejor –siguió Angustias.

–A ver, un momento –volví a decir–. No sé dónde os habíais metido, pero solo hay un camino de tierra, y es este.

–No dijiste nada de «tierra» –aclaró Anita.

–Llevamos toda la noche esperándote, espabilado –murmuró Toni.

–Hombre, toda la noche tampoco –dijo Camuñas–. Debemos llevar diez minutos, como mucho.

–Estábamos en el camino de piedras que lleva al bosque –indicó Marilyn.

–O sea, en el camino de entrada, como tú dijiste –insistió Tomeo.

–No quiero ser pesado –dije–, pero el camino de entrada es este. Cuando vinimos con la excursión de ciencias el año pasado, entramos por aquí.

–Ya, pero cuando vinimos a hacer el examen de educación física, entramos por el camino de abajo –repitió Marilyn–, o sea, por el camino de piedras.

–Deberías haber dicho «el camino por el que entramos al bosque con la excursión de ciencias» –subrayó Anita.

–Eso es demasiado largo –reflexionó Camuñas.

–Tal vez «el camino de ciencias» –intervino Ocho.

–Demasiado corto –volvió a negar Camuñas.

–Si por lo menos hubieras dicho «el camino de tierra» –recordó Anita.

–Yo creo que lo dije, pero bueno –me resigné.

–No lo dijiste, espabilado –me cortó de nuevo Toni.

Aquella conversación no llevaba a ninguna parte.

Cada vez era más tarde.

Y aún no habíamos empezado la reunión.

–Lo importante es que ya estamos todos juntos –dije tratando de acabar la discusión–. Ahora ya da igual lo que dijera o lo que no dijera.

–Igual no da –insistió Camuñas–. Mira el lío que nos hemos hecho.

–Yo ya lo he dicho varias veces –dijo Angustias–, pero esta vez va en serio: es la última vez que vengo a una reunión nocturna, ya os lo aviso. ¿Nos vamos a casa?

Helena no había abierto la boca en ningún momento.

La enfoqué con la linterna para asegurarme de que estaba allí.

Parecía muy seria.

–¿Puedes dejar de apuntarme directamente con la linterna, por favor? –dijo ella.

–Perdona –dije, y bajé la luz.

–Espero que tengas algo muy importante que decir –siguió Helena con hache–. Has convocado el pacto de los Futbolísimos a media noche y en el bosque. No sé si te das cuenta.

No sé cuánto tiempo iba a seguir enfadada Helena conmigo.

Tal vez cambiara de opinión cuando escuchara lo que iba a contarles.

Tomé aire.

Y por fin dije:

–Me doy cuenta. Y sí, tengo algo muy importante que decir.

Todos me observaron.

Expectantes.

Me preparé para explicarles todo.

Incluyendo lo del teléfono móvil.

Y lo del mapa.

Iba a contarles todo a mis amigos.

De una vez por todas.

Habíamos prometido estar siempre juntos y ayudarnos los unos a los otros. En eso consistía el pacto de los Futbolísimos.

Había llegado el momento.

—Me estoy durmiendo —dijo Tomeo.

—¿Vas a decir algo, o nos vamos a quedar aquí toda la noche como pasmarotes? —preguntó Helena.

—Sí, perdón. Es que me estaba preparando —respondí.

Saqué la servilleta doblada del bolsillo de mi pantalón.

Y la enfoqué con mi linterna.

A continuación, pronuncié unas palabras que no olvidaré nunca:

—En esta servilleta está dibujado el mapa del tesoro.

—¿De qué estás hablando?

Respiré hondo y añadí:

—El botín que Laoi Chai San enterró en este bosque después del atraco al Banco Redondo.

Ahora sí había captado toda su atención.

Les conté todo.

Que había hecho fotos de los planos del centro de menores.

Que Laoi Chai San me había robado el móvil.

Que me había entregado el mapa.

Que el inspector Salvatierra me había interrogado.

Y que ahora teníamos la oportunidad de encontrar el botín todos juntos y entregarlo a la policía y ser los héroes.

–Para eso he traído esto –dije mostrando la pala que había cogido del garaje de mi casa–. Para desenterrar el tesoro.

Durante unos instantes, ninguno dijo nada.

Estaban perplejos.

–Entonces... –dijo Marilyn–, ¿tú no escribiste anoche los wasaps en el grupo?

–No.

–Y no te gusta Laoi Chai San –continuó la capitana.

–No.

–Y no quieres darle un beso.

–¡No!

–Y el año pasado no te gustaba Helena con hache y no le diste un beso.

Me quedé callado.

No sabía qué contestar.

Eso era verdad.

Aunque no lo había escrito yo.

Y no quería reconocerlo delante de todos.

Pero tampoco quería negarlo.

Tragué saliva.

Y dije:

–Yo creo que ahora mismo lo urgente es el tema del tesoro, no los besos.

–En eso tiene razón Pakete –dijo Camuñas.

–Sí, mejor vamos a centrarnos en el asunto del botín –añadió Toni.

–Pues a mí me interesa lo de los besos –dijo Tomeo.

–A mí también –le secundó Angustias.

–Y a mí –siguió Anita.

¿Qué estaba pasando allí? ¿Les enseñaba un mapa secreto y lo que más les preocupaba era un beso?

Por suerte, intervino Helena.

–Nos hemos escapado de casa –dijo ella–. Estamos en un bosque. Y son más de las doce de la noche. ¿Vamos a quedarnos aquí hablando, o vamos a ir a por el tesoro?

–A por el tesoro –dijo Marilyn.

–Eso, vamos de una vez –dije yo.

–Tenemos que encontrar el tesoro –dijo Camuñas.

–¡Eso!

–¡Vamos!

–¡A por el tesoro!

Nos pusimos todos en marcha.

Subidos en nuestras bicicletas, enfilamos el bosque de la Alamedilla. Cruzamos entre los castaños y atravesamos las primeras rampas, teniendo cuidado de no caernos.

No se veía mucho, pero yo tenía claro hacia dónde teníamos que ir. Por lo menos, al principio.

Mientras avanzábamos entre los árboles, volvió a oírse la lechuza:

Uuuuuuh, uuuuuuh...

Todos miramos hacia arriba, sin ver nada.

Después de continuar adelante unos minutos, llegamos al primer objetivo: un chorro de agua que salía de una enorme piedra.

—La fuente de Dinamarca —dijo Anita.

—Exacto —corroboré, bajando de la bicicleta—. Desde aquí, yo creo que será mejor seguir a pie.

Extendí la servilleta con el mapa. La coloqué sobre la parte superior de la fuente, enfocándola con la linterna para verla bien.

Enseguida, todos mis amigos se pusieron alrededor, observando el mapa.

–¿La cruz negra qué es exactamente? –preguntó Tomeo.

–Pues qué va a ser: el tesoro –dijo Marilyn.

–Ah, vale –dijo él–. Es que, como hay tantas cosas dibujadas, pensé que el tesoro sería la casita.

–No, no. Eso es el refugio del bosque –aclaró Anita.

–¿Qué refugio? –pregunté interesado.

–El refugio para los guardabosques y para los excursionistas –explicó Anita–. Yo he ido muchas veces con mis padres. La cruz está a la izquierda, mira.

Así que el dibujo de la casa era un refugio.

Había hecho bien en compartir el mapa con mis amigos.

Entre todos, teníamos muchas más posibilidades de encontrarlo.

–Pues entonces está claro: tenemos que seguir hasta dejar el refugio a la derecha –dije señalando el mapa–; luego, cruzar el puente de madera, encontrar las ocho piedras, dar «veintitrés pasos» hasta «el abuelo», y justo allí está enterrado el tesoro. Muy cerca del río.

Nos quedamos unos instantes mirando el mapa.

–Yo no me he enterado de nada –dijo Tomeo–. ¿El abuelo quién es?

–Eso no lo sabemos, pero cuando lleguemos allí, seguro que lo entendemos –dije tratando de ser positivo.

–Y todo eso que has dicho, ¿no podríamos hacerlo mañana a la luz del día? –insistió Angustias una vez más.

–Pues no, porque mañana tenemos colegio –respondí–, y después, el partido.

–Si encontramos el botín, a lo mejor no tenemos que jugar el partido –dijo Camuñas–. No pueden echar de la liga a los héroes que resolvieron el caso del Banco Redondo, o sea, a nosotros.

–Ya veremos –dijo Toni, desconfiado.

Dejamos las bicis apoyadas junto a la fuente y seguimos a pie.

Íbamos en fila para no perdernos y no tropezarnos.

Yo iba en cabeza, con la linterna. Justo detrás de mí venía Helena. Y luego, Marilyn. Y así, sucesivamente, hasta Tomeo, que cerraba el grupo.

–Yo creo que deberíamos cogernos de la mano –dijo Angustias.

–¡A mí que nadie me coja de la mano! –advirtió Toni.

–Si yo solo lo digo para no tropezar y para no perdernos –se excusó Angustias–. Como no se ve nada...

–A mí me parece muy buena idea –dijo Helena.

En menos de un segundo, noté la mano de Helena cogiéndome.

–A mí también –murmuré.

Continuamos caminando en silencio durante unos instantes.

Yo iba muy concentrado con la linterna mirando hacia delante.

Podía sentir la mano de Helena sobre la mía.

Incluso creo que podía escuchar su respiración.

Nadie decía nada. Supongo que si incluso Toni se había callado, era porque él también iba de la mano.

Bajamos una pequeña pendiente, y al pasar cerca de una fila de castaños, lo vi delante de nosotros.

–¡El puente! –exclamé.

–¡Y el riachuelo! –dijo Helena.

Efectivamente, el pequeño puente que cruzaba el río estaba ahí mismo. Por lo que se ve, íbamos por buen camino.

Sin soltarnos de la mano, cruzamos por encima del puente.

–¿Y el refugio? –preguntó Tomeo.

–¿Qué pasa con el refugio ahora?

–Que no lo hemos visto –insistió él–. Y teníamos que dejarlo a la derecha antes de llegar al puente. Tú mismo lo has dicho.

–Ya, bueno, pero está muy oscuro –dijo Marilyn–. Quizá lo hemos pasado y ni siquiera nos hemos dado cuenta.

–Yo creo que deberíamos volver atrás hasta que encontremos la casita del mapa –dijo Tomeo convencido–. Si vamos así al tuntún, al final nos perderemos.

–Pero si ya hemos llegado al puente –terció Marilyn–, ¿cómo vamos a volver ahora atrás? No tiene sentido.

–Mientras vayamos así de la mano, a mí me da igual –dijo Angustias.

−Decidido: seguimos adelante. No hay tiempo que perder −dije−. Ahora tenemos que estar atentos para encontrar las ocho piedras.

−Buf, hay muchísimas piedras por aquí −intervino Camuñas.

−Ya, pero si pone «las ocho piedras», será porque están juntas −dijo Marilyn−, y además en el mapa están dibujadas en forma semicircular. En cuanto las veamos las reconoceremos.

Aparte de mi linterna, algunos encendieron las luces de sus móviles también.

Había que estar alerta y no pasarnos de largo las piedras del mapa.

−Oye, Toni, ¿tú con quién vas de la mano? −preguntó Camuñas.

−Pues con el que me ha tocado cerca, qué más da −respondió él, molesto.

−Ya, ya, pero como al principio habías protestado y luego no has dicho nada... −insistió el portero−. A lo mejor es que ahora te gusta ir cogidito de la mano.

−No te pases −dijo Toni.

−¡Toni me ha cogido a mí de la mano! −exclamó Anita−. ¿Algún problema?

−¡Y a mí también! −dijo Angustias.

¿¡Qué!?

Toni el chulito.

El que siempre se metía con todos e iba por libre.

El que no tenía miedo a nada ni a nadie.

Ahora resultaba que iba de la mano con Anita, que era la empollona del grupo y con la que siempre se estaba peleando.

¡Y con Angustias!

Esa noche, en el bosque de la Alamedilla, estaban pasando cosas muy raras.

Y no me refiero al tesoro precisamente.

–¡Hala, pues ya me he soltado! –gritó Toni–. ¡Y si alguien vuelve a decirme que le agarre de la mano, se va a llevar una patada en el culo! ¡Quedáis todos advertidos!

–No te lo tomes así –dijo Helena–. Si has estado haciendo manitas con Anita y con Angustias aprovechando que nadie te veía, no pasa nada.

Todos estallamos en risas.

–¡Yo no he hecho manitas con nadie! –dijo Anita.

–¡Ni yo tampoco! –dijo Angustias–. Por cierto, ¿qué es hacer manitas?

Toni estalló y se alejó del grupo.

–¡Dejadme en paz! –dijo muy enfadado–. Voy a encontrar el tesoro yo solo, y a lo mejor me lo quedo para mí.

–Pero, Toni, no te vayas tú solo por el bosque de noche, que te puedes perder –dijo Marilyn muy seria.

–Y además, si te marchas, no podrás hacer manitas con nadie –dijo Camuñas.

Más risas.

–¡Olvidadme! –exclamó Toni mientras se iba apartando del grupo, cada vez más deprisa.

Enseguida le perdimos de vista.

Lo cual no era difícil, teniendo en cuenta que no se veía nada.

Era una noche muy oscura. No había luna. Ni estrellas. El cielo estaba nublado y era muy difícil orientarse.

Y más con una servilleta.

Aun así, habíamos llegado hasta allí. Teníamos que seguir.

Avanzamos en paralelo a la orilla del río.

Vimos muchas piedras de distintos tamaños.

Pero ninguna que pudiera parecerse a «las ocho piedras».

Hacía mucho que habíamos salido del camino de tierra.

Nos guiábamos por el río, pero aun así era muy difícil.

Después de dar varias vueltas, de subir y bajar, empecé a pensar que tal vez era una misión imposible en plena noche.

–Estoy agotado –dijo Tomeo–. ¿Podemos parar un momento, por favor?

–¿Ahora? –preguntó Marilyn–. Deberíamos seguir. Si descubren que nos hemos escapado, se va a liar una buena.

Demasiado tarde.

Tomeo ya se había sentado. Estaba mordisqueando una barrita de chocolate.

–Es por el azúcar –se excusó.

Ya que él había parado, los demás hicimos lo mismo.

Nos sentamos todos a descansar.

Rodeados de castaños.

Y de piedras.

Y de más arbustos.

No habíamos vuelto a saber nada de Toni desde que se alejó.

Tampoco habíamos sido capaces de encontrar las ocho piedras.

—Suponiendo que encontremos las piedras —dijo Marilyn—, aún nos faltaría por saber quién es «el abuelo».

—Creo que yo lo sé —dijo Anita.

Todos la miramos.

—He recordado que, durante la excursión de ciencias, la profesora nos contó que en ese bosque había castaños muy viejos que tenían más de cien años —explicó—. Y concretamente dijo que había uno con más de doscientos años. A lo mejor lo del «abuelo» se refiere a ese árbol.

En ese momento pensé: «¡La de cosas que se pueden aprender si prestas atención!».

Yo me había pasado la excursión corriendo de un lado para otro, tirando castañas a Camuñas y saltando sobre los charcos. Creo que no había escuchado ni una sola palabra de lo que dijo la profesora.

Por suerte, alguien sí lo había hecho.

—Más de doscientos años —repitió Helena, asombrada.

Me animó escuchar la teoría de Anita. Seguramente tenía razón. No sería fácil, pero si encontrábamos las ocho piedras, tendríamos que buscar un castaño viejísimo y...

—¡Alto! ¡No os mováis!

Los ocho levantamos la cabeza.

Y enfocamos nuestras linternas hacia el lugar del que provenía la voz.

Allí, entre unos arbustos, apareció...

¡Toni!

—Estoy hablando en serio —dijo—. No os mováis.

Los ocho nos quedamos quietos.

Allí sentados.

Sin mover ni un músculo.

Toni nos miraba con la boca abierta.

Y dijo:

—Acabo de encontrar las ocho piedras.

—¿Dónde? —pregunté nervioso.

—Debajo de vosotros —respondió.

Al oír eso, dimos un respingo y nos pusimos de pie todos al mismo tiempo.

¡Era cierto!

Cada uno de nosotros se había sentado sobre una piedra.

Exactamente ocho piedras formando un semicírculo perfecto.

No las habíamos visto porque las teníamos justo debajo.

¡Las ocho piedras!

¡Estábamos mucho más cerca del tesoro!

Anita se acercó a un árbol.

Luego, a otro.

A otro más.

Los miraba, los tocaba.

Se acercaba, se alejaba.

Parecía una auténtica exploradora.

Hasta que por fin se detuvo delante de un castaño mucho más grueso que los demás.

Tenía el tronco muy ancho, lleno de grandes nudos.

Lo palpó como si lo estuviera examinando.

Y dijo:

—El abuelo.

Todos lo observamos con mucho respeto.

Según Anita, aquel árbol tenía más de doscientos años.

Ahora solo quedaba por comprobar una cosa.

Me puse en el centro de las ocho piedras y empecé a contar los pasos hasta el abuelo.

—Uno, dos, tres...

Mientras yo daba los pasos, Helena iba contando en voz alta.

Los demás nos enfocaban con la linterna y los móviles, muy atentos.

—Nueve, diez, once, doce...

Sentí que estábamos muy cerca del tesoro.

Más que nunca.

Me imaginé la mochila llena de fajos de billetes.

En un momento, la podríamos desenterrar.

—Quince, dieciséis...

Si los pasos coincidían, era la señal definitiva.

—Diecinueve, veinte, veintiuno...

Di los últimos más despacio.

—Veintidós... y...

Llegué justo al pie del castaño.

—¡Veintitrés pasos!

—¡Coincide exactamente!

—¡Lo tenemos!

—Entonces, ¿dónde hay que cavar? –preguntó Camuñas, que había cogido la pala.

Todos miramos hacia el suelo buscando una señal.

—Según el mapa, tiene que ser justo delante del abuelo –dije–, donde estoy yo.

Me agaché y palpé el suelo, que estaba cubierto de hojas, de ramas y de pequeños arbustos.

Mis compañeros hicieron lo mismo, apartando con las manos todo lo que había por allí.

El suelo estaba muy seco... excepto una parte donde alguien había removido la tierra.

Se veía claramente que alguien había excavado allí y luego había vuelto a taparlo.

Ninguno se atrevió a decir lo que todos estábamos pensando.

Miramos la tierra removida.

Estaba claro.

—¿Hemos encontrado el tesoro? –preguntó Tomeo con miedo.

—Eso parece –dijo Marilyn.

Me acerqué despacio y metí la pala. Entró sin problemas. Saqué un poco de tierra y la aparté.

Ante la atenta mirada de todos, volví a introducir la pala lentamente.

La expectación era enorme.

Ninguno decía nada.

Después de cavar un rato, empezaron a impacientarse.

—Déjame a mí, que vas muy lento —dijo Toni, quitándome la pala—. A este paso vamos a estar aquí toda la noche.

Toni se puso a excavar con más energía.

—Una pregunta —dijo Camuñas—. Ya sé que habíamos dicho que lo entregaríamos a la policía, pero... ¿no podemos quedarnos una parte del tesoro?

—¿Qué?

—Al fin y al cabo, lo hemos encontrado nosotros —justificó—. ¿Qué gracia tiene todo esto del tesoro si no podemos quedárnoslo?

—En eso tienes razón —dijo Ocho—. Yo voto por quedarnos la mitad para nosotros. Nos lo merecemos.

—¿Pero cómo vamos a quedarnos el tesoro? —preguntó Marilyn—. ¡Os recuerdo que es dinero robado!

—El seguro ya habrá pagado al banco —dijo Toni, mientras seguía cavando.

—Eso da igual —dijo Helena—. No somos ladrones.

—¡Además, Laoi Chai San se enfadaría muchísimo! —advertí.

—¿Y si se lo entregas a la policía no se va a enfadar? —preguntó Camuñas—. Puestos a elegir, yo creo que estará más contenta si le das la mitad del botín a ella, y la otra mitad para nosotros, por ejemplo. Es lo justo. Si es una auténtica pirata, lo entenderá.

—Yo también estoy a favor de quedarnos el tesoro —dijo Tomeo.

—No podemos hacer eso —insistí—. Precisamente os lo conté para arreglar las cosas, no para empeorarlas.

—Quedarnos el dinero no es empeorar nada —dijo Camuñas—, me parece a mí.

—¡Pero... Chai San dijo que a lo mejor el dinero era para repartirlo entre la gente! —protesté.

–¿Lo dijo seguro? –preguntó Anita.

Recordé lo que había dicho sobre la pirata china.

La auténtica Laoi Chai San.

Robaba a los poderosos para repartirlo entre los necesitados.

Sin embargo, Almudena no dijo que ella fuera a hacer eso exactamente.

Solo dijo que era una posibilidad.

Así que negué con la cabeza.

No estaba seguro.

–Y por otro lado –dijo Marilyn–, ¿qué íbamos a hacer nosotros con tanto dinero?

–¡Podríamos comprar todos los videojuegos del mundo! –dijo Ocho–. ¡Y a lo mejor también podemos comprarnos el cine del centro comercial solo para nosotros! ¡Con palomitas y chuches gratis para toda la vida!

–¡Y si nos echan de la Liga Intercentros, compramos otro equipo de fútbol, igual que los jeques árabes! –añadió Camuñas.

–Ah, no –intervino Tomeo–. Yo mi parte del dinero la quiero para comprar una fábrica de helados, y que hagan de todos los sabores que yo les diga, como cacahuetes con salchichón... ¡o helado de patatas fritas!

—¡Yo me apunto a la fábrica! –dijo Ocho.

—Venga, votemos a ver quién está a favor de quedarnos con el tesoro para nosotros –dijo Camuñas.

—¿Pero no habías dicho que la mitad? –preguntó Marilyn.

—Pues he cambiado de idea: mejor nos lo quedamos todo –respondió Camuñas muy seguro–, que entre el equipo de fútbol y el cine y la fábrica no vamos a tener suficiente.

—Por una vez, estoy de acuerdo con el lumbreras este –dijo Toni.

—Yo también –dijo Ocho.

—Y yo –dijo Tomeo.

—¿El lumbreras soy yo? –preguntó Camuñas.

No me lo podía creer. Les había contado todo. Les había pedido ayuda.

Y ahora... ¿querían quedarse con el botín?

—Yo creo que al menos deberíamos guardar una parte para Laoi Chai San –dijo Anita.

—Bueno, lo dividimos entre diez y asunto arreglado –asintió Toni, que seguía cavando–. Y que cada uno haga lo que quiera.

—Votemos de una vez –dijo Camuñas.

—¡Un momento! –exclamé–. ¿No os dais cuenta de que esto es muy grave? Se trata de un robo de verdad. Podríamos acabar en la cárcel, igual que Chai San y esos otros niños.

—Nosotros no hemos hecho nada –dijo Camuñas–, solo cavar un agujero en el bosque. ¿Es que ahora es ilegal cavar un hoyo?

—Perdona que lo diga, Pakete, pero el único que ha hecho algo fuera de la ley eres tú –dijo Anita–. Le has robado unos planos a la policía y se los has dado a una interna. Y luego has mentido al inspector cuando te ha interrogado. Si alguien puede acabar en la cárcel, ese eres tú.

–Bien dicho, empollona –corroboró Toni.

–¿Van a encerrarte? –preguntó Angustias, acongojado–. Ya te aviso que yo no creo que vaya a verte. A mí las rejas me ponen muy nervioso.

Ahora sí que me había quedado sin palabras.

–¡Pobre Pakete, en la cárcel, qué tristeza más grande! –siguió Angustias.

–No podéis estar hablando en serio –dijo Helena con hache.

–Yo sí –dijo Camuñas.

–Y yo.

–Y yo también.

–Os recuerdo que somos los Futbolísimos –dijo ella muy seria–. Siempre nos ayudamos los unos a los otros, para eso hicimos el pacto. No se trata solamente de jugar al fútbol. Si uno de nosotros tiene un problema, es como si lo tuviéramos todos. Si detienen a Pakete, nos detienen a todos. ¡Somos un equipo! ¡Todos juntos! ¡Para lo bueno y para lo malo!

Al escucharla, Tomeo, Camuñas y los demás bajaron la cabeza, avergonzados.

–Yo a la cárcel preferiría no ir –dijo Angustias.

–No te preocupes, nadie va a ir a la cárcel –respondió Helena–. Porque en cuanto saquemos el tesoro, lo llevaremos directamente a la policía.

–Está bien.

–Vaaaale.

–Adiós a la fábrica de helados.

A pesar de todo, sabía que podría contar con mis amigos.

–¡Alto! ¡No os mováis! –exclamó Toni.

¿Otra vez con lo mismo?

Toni tiró la pala al suelo.

Se arrodilló delante del agujero.

Apartó un poco de tierra.

Metió las manos en el hoyo.

Tiró con mucha fuerza.

Y sacó de allí... una mochila.

Era enorme.

Gris y naranja.

Estaba cubierta de barro por todas partes.

Ninguno se atrevió a decir nada.

Era el momento que llevábamos esperando toda la noche.

Bajo la luz de las linternas, observamos la mochila.

Toni cogió un cordón que salía de un extremo y tiró de él.

En pocos segundos, la mochila se abriría.

Y por fin tendríamos el dinero delante de nosotros.

—¡Un momento! —dijo Camuñas.

–¿Qué pasa ahora? –preguntó Toni.

Camuñas me enfocó con el móvil y dijo:

–Estoy grabando este momento para la eternidad. Pakete, ¿quieres decir unas palabras? ¿Qué se siente al encontrar un tesoro que está buscando tanta gente?

Me pilló por sorpresa.

Aun así, balbuceé:

–Yo... bueno... es un momento muy especial...

–Se acabaron las tonterías –zanjó Toni.

Tiró con fuerza del otro cordón de la mochila.

Y en ese preciso instante...

... se abrió de una vez.

En el interior había varias cajas de cartón dobladas.

–Los billetes deben estar dentro –murmuró Anita.

Nos abalanzamos sobre las cajas.

Las fuimos abriendo una por una.

Pero lo único que había dentro eran otras cajas de cartón más pequeñas.

De todos los tamaños.

Más y más cajas.

Nada más.

Qué desastre.

–¡Lo único que hay es cartón! –protestó Toni.

–¿Pero habéis mirado bien? –preguntó Ocho.

Marilyn mostró varias cajas vacías entre las manos.

—No hay dinero, solo cajas de cartón —dijo decepcionada.

—Creo que me está dando una bajada de azúcar —dijo Tomeo, sacando otra barrita de chocolate del bolsillo.

¿Qué estaba pasando allí?

Después de todo, ¿no había nada de valor?

¿Dónde estaba el botín?

¿Y los billetes?

—Tu amiga Chai San te ha tomado el pelo —me acusó Toni.

—No es mi amiga —traté de defenderme.

Pero Toni tenía razón. Aquello no era lo que esperábamos. Ni tesoro ni botín. Solo una vieja mochila y un puñado de cartón.

Recordé las tres leyes de Laoi Chai San:

No miento.

No me chivo.

No me fío.

En este caso, ella no había mentido.

Nunca me dijo que en aquella mochila estuviera el dinero.

Aunque lo había dado a entender.

Me dijo que la desenterrase.

Y que la guardara.

Realmente, era yo el que no había hecho caso.

—¿Y ahora qué? —preguntó Camuñas.

Buena pregunta.

Era tardísimo.

Estábamos en mitad del bosque.

Y acabábamos de desenterrar una mochila llena de cajas de cartón.

Era una situación absurda.

–¡Que nadie se mueva!

De pronto, llegó un grito desde la orilla del río.

Toni soltó la mochila.

Los demás miramos hacia el lugar del que había salido la voz.

–¡He dicho que no se os ocurra moveros! –volvió a gritar.

Junto a la voz aparecieron dos focos enormes.

Y el ruido de un motor.

Era un coche todoterreno.

No sé cómo había llegado hasta allí sin que lo hubiéramos oído.

Eso no fue todo.

Antes de que pudiéramos reaccionar, surgieron de la nada otros dos coches enormes.

Uno detrás del «abuelo».

Y otro junto a «las ocho piedras».

Estábamos rodeados.

–¡Levantad las manos y no os mováis!

De todas las aventuras y misterios que habíamos vivido los Futbolísimos, era la primera vez que nos ocurría algo así.

Los nueve levantamos las manos.

Y nos quedamos exactamente donde estábamos.

No nos atrevíamos a decir ni a hacer nada.

¿Quién estaría en esos vehículos?

¿Nos habían seguido?

¿O ellos también tenían un mapa del tesoro?

Las luces de los focos nos deslumbraban.

No podíamos ver nada.

Se oyeron las puertas de los coches abrirse.

Y luego, pasos.

Habían bajado de los automóviles y se dirigían hacia nosotros.

Entonces, entre los castaños, surgieron varias figuras.

Y pudimos ver de quién se trataba.

Por un extremo aparecieron un puñado de hombres y mujeres con uniformes grises.

Al frente de ellos estaba el comisario Al-Husayni.

–¡Confirmado: tienen la mochila! –dijo acercándose.

Por el otro extremo aparecieron tres hombres con traje y corbata.

Al que iba delante lo reconocí inmediato.

Era rubio y, aun en esas circunstancias, sonreía de oreja a oreja.

–¡Os hemos pillado con las manos en la masa! ¡Je, je, je, je, je, je, je, je! –exclamó el inspector Salvatierra.

Por último, junto al río, el grupo más numeroso eran... policías de uniforme. Al menos había media docena.

Por supuesto, el que dirigía ese grupo era... mi padre.

–¡Esta vez sí que os habéis metido en un buen lío! –dijo.

Allí estaban:

La policía del pueblo.

Los inspectores que habían llegado del cuartel central.

Y los funcionarios del centro de menores.

No había visto tantos agentes de la ley juntos en mi vida. Y lo más increíble es que todos estaban allí por nosotros.

Para vigilarnos.

Tal vez para detenernos.

–¡No hemos hecho nada, solo cavar un agujerito en el bosque! –se excusó Camuñas, dando un paso hacia los agentes.

–No os mováis –repitió Al-Husayni.

–Más vale que le hagáis caso –dijo Salvatierra el Destructor–. Esto no es ningún juego. Ja, ja, ja, ja, ja, ja...

–¿Por qué se ríe? –preguntó Helena en susurros.

–Siempre lo hace –respondí encogiéndome de hombros.

Entre todos nos rodearon.

Mi padre se acercó hasta la mochila y la cogió, inspeccionando las cajas de cartón.

Salvatierra también cogió los cartones tirados por el suelo.

–¿Dónde está el dinero? –preguntó mi padre.

–¿Qué habéis hecho con el botín? –preguntó Al-Husayni.

Nos miramos.

Y yo dije:

—No había nada dentro de la mochila. Solo cartón.

Ahora eran ellos los que estaban desconcertados. Más aún que nosotros.

Después del susto inicial, nos pidieron que les contásemos con detalle cómo habíamos encontrado la mochila.

Les enseñamos el mapa y les explicamos cómo habíamos llegado hasta allí.

Aunque estaba claro que ya lo sabían.

Por lo visto, nos habían seguido desde el principio.

Habían dejado que los llevásemos hasta el tesoro.

Aunque ahora resultaba que allí no había ningún tesoro.

Únicamente, cajas de cartón sin ningún valor.

Mientras tanto, los agentes registraron a conciencia el agujero, la mochila, los cartones y todo lo que encontraron por allí.

Incluso registraron el viejo castaño.

Era la primera vez que veía a la policía registrando un árbol.

Claro que el abuelo no era un árbol cualquiera.

Poco a poco, se fueron convenciendo de que decíamos la verdad, de que no ocultábamos nada.

No había ni rastro del dinero por allí.

Salvatierra comentó con mi padre que vendría un grupo de especialistas al día siguiente por la mañana. Les dijo que pusieran unas cintas policiales alrededor del lugar para que nadie se acercara.

–¡Cubran todo el perímetro! –ordenó.

–¡Mola! –exclamó Camuñas–. ¿Van a venir especialistas en plan CSI?

–Más o menos, jovencito –respondió Salvatierra–. Pero para vosotros ha llegado la hora de volver a casa.

Y pasó la mano por la cabeza de Camuñas revolviéndole el pelo, igual que había hecho conmigo.

–Menuda pandilla que estáis hechos, ¿eh? –comentó mientras le seguía revolviendo el pelo.

Angustias se acercó a mí y susurró preocupado:

–¿Cuánto tiempo va a estar revolviéndole el pelo?

–Creo que es para hacerse el simpático –dije–. Lo hace siempre.

–A lo mejor deberían llamarle Salvatierra el Peluquero –añadió Angustias.

Aunque lo dijo en voz baja, le escuchamos todos, incluyendo el propio Camuñas.

Nos reímos con ganas.

Hasta que mi padre nos cortó.

–No creo que estéis en condiciones de andar con bromas –intervino–. Os habéis fugado en mitad de la noche. Vais a tener que contestar muchas preguntas durante los próximos días.

–Lo siento –dije.

–Lo sentimos mucho –dijo Marilyn.

—¿Cómo se os ocurre hacer algo así? —preguntó mi padre, negando con la cabeza como si todavía no pudiera creérselo—. ¿Estáis bien?

—Sí, papá, estamos bien.

—Sí, señor Emilio.

—Sí, todo bien.

Tomeo levantó la mano.

Dijo:

—Perdón, pero yo me he meado del susto cuando han aparecido los coches.

Al día siguiente, a primera hora, salió la noticia.

Una niña de doce años había burlado a todos.

A la policía local.

A los inspectores de Madrid.

Y a los funcionarios del centro de menores.

Mientras todos estábamos en el bosque, Laoi Chai San se había fugado.

Aprovechando que toda la atención estaba puesta en la mochila enterrada, ella se había escapado.

Por lo visto, esa noche hubo menos vigilancia que de costumbre. Algunos de los funcionarios de guardia estaban en el bosque con Al-Husayni.

Tal vez ella me había utilizado para que todos me siguieran.

Tal vez simplemente me había entregado el mapa para distraer la atención de la policía.

Tal vez sabía perfectamente que yo se lo contaría a mis amigos.

No podía estar seguro.

El caso es que Chai San aprovechó la situación para escapar.

Según dijeron, había cruzado por debajo del internado, a través de los túneles de alcantarillado, para fugarse. Recordé que en los planos que yo había fotografiado había una parte llamada «subterráneo». Puede que mis fotos le hubieran servido para escapar, o puede que ya lo tuviera todo preparado desde antes. Otra incógnita.

Había muchos titulares en internet:

«La ladrona más joven del país vuelve a fugarse».

«La niña pirata se burla de la policía».

«Una fuga redonda».

«El botín del Banco Redondo sigue sin aparecer».

Y muchas preguntas sin responder.

Pero la más importante era dónde estaba el dinero del banco.

Durante el desayuno, mi padre no abría la boca. Parecía desolado. No hacía más que pasar páginas con el ratón del ordenador, como si al mirar una y otra vez aquellas noticias fuera a encontrar una solución.

–Venga, Emilio, que tú no tienes la culpa –dijo mi madre.

–Ya, ya –respondió él sin levantar la cabeza.

Yo comía cereales en mi bol, sin atreverme a decir nada.

Mi hermano Víctor entró en la cocina dando voces.

—¡Buenos días, familia! ¿Qué tal por la mañana? ¿Os habéis enterado de la noticia del día?

—Algo hemos oído —respondió mi padre, desanimado.

—¿Ah, sí? —dijo mi hermano, extrañado.

—Está en todas partes, Víctor —intervino mi madre—. Incluso ha salido en las noticias matinales de televisión.

—¿Han salido los gatitos en televisión? —preguntó mi hermano, muy sorprendido.

—¿Pero de qué gatos hablas tú ahora? —dijo mi madre, sin entender.

—¡Pues de los siete gatitos! —respondió Víctor—. ¡Han aparecido en casa de Lorena!

—¿Los gatos se han presentado en casa de tu novia? —pregunté interesado.

—Por lo visto, Lorena ponía un platito con leche en la puerta de su casa todas las noches, y esta mañana, al levantarse, estaban ahí los siete maullando. ¡Es genial! —exclamó.

Nunca pensé que vería a mi hermano mayor tan contento por unos gatitos.

Algo estaba cambiando.

—¡Y conste que no es mi novia! —dijo dándome una colleja.

Bueno, algunas cosas no cambiaban.

—¡Víctor, no pegues a tu hermano! —le regañó mi madre sin mucho convencimiento—. Me alegro mucho por los gatitos, hijo, pero, por desgracia, la noticia del día es otra: se ha escapado Laoi Chai San del centro de menores.

—¿Quién? –preguntó él mientras cogía un dónut de la mesa.

—La niña que robó el Banco Redondo –le aclaré.

—Ah, tu novia –respondió él–. Pues si se ha escapado, a lo mejor viene a hacerte una visita.

—¡No es mi novia! –protesté yo ahora.

—¡Ay, mis dos hombrecitos! –dijo mi madre riéndose–. ¡Los dos con novia y todo, qué mayores!

Mi hermano y yo la miramos espantados y dijimos a la vez:

—¡Yo no tengo novia!

Nos quedamos parados un momento, mirándonos por la coincidencia.

Mi madre no paraba de reírse.

Se acercó a mi padre y le dijo:

—Pero Emilio, di algo. Mira tus dos hijos, qué graciosos.

Él seguía con la vista puesta en la pantalla del ordenador, absorto en las noticias.

—Sí, sí, muy graciosos –dijo mi padre sin prestar atención.

—Bueno, yo me voy, que he quedado con Lorena en su casa –dijo Víctor.

—¿Pero no vas a desayunar? –preguntó mi madre.

—Me llevo esto para el camino –respondió señalando el dónut–. Ah, y no os he dicho lo más increíble: ¡los padres de Lorena le han dicho que puede quedarse con los siete gatos! ¡Son majísimos y muy modernos sus padres, ya os lo dije!

—Muy majos –repitió mi madre, como si no le hubiera gustado demasiado aquel comentario–. Oye, que nosotros también somos muy modernos. Si te comprometes a cuidarlo, puedes quedarte con un gatito, a lo mejor.

—No, gracias —contestó mi hermano—. Es mejor que estén todos en casa de Lorena. Así los cuidaremos juntos. ¡Hasta luego!

Víctor salió disparado por la puerta.

—Habrase visto —dijo mi madre—. Le digo que se puede quedar un gato y no quiere. Esto es el colmo. Emilio, ¿me has oído?

—Sí, sí, el colmo —murmuró él.

—Tenemos que hablar, Emilio —siguió mi madre—. Los niños se hacen mayores y no nos damos cuenta. Por cierto, que estoy pensando seriamente eso de ponerme un mechón violeta. A lo mejor no es tan mala idea.

—Sí, sí, un mechón violeta —volvió a murmurar mi padre, que parecía un zombi.

—¡Por lo que más quieras, Emilio, cambia esa cara, que no es el fin del mundo! —le dijo mi madre—. Yo también me voy, que llego tarde al trabajo.

Mi madre le dio un beso a mi padre.

Otro a mí.

Dijo:

—¡Que tengáis un buen día!

Y salió de casa.

Yo me metí en la boca una cucharada de cereales con leche y miré de reojo a mi padre.

Estábamos los dos solos en la cocina.

Quería decirle algo para animarle.

Explicarle que sentía mucho haber fotografiado los planos sin su permiso.

Y que también sentía no haberle contado todo desde el primer momento.

Entonces se me ocurrió una cosa.

A lo mejor era una tontería.

Y no venía a cuento.

Pero es lo que me vino a la cabeza.

–Papá –dije.

–¿Qué?

–Ya sé cuál va a ser mi castigo.

—Muy bien, ya me lo dirás.

Todavía tenía pendiente ponerme mi propio castigo, pero ni siquiera en eso me prestó atención.

Aun así, pensaba decírselo.

En ese momento.

Estaba decidido.

—He pensado que mi castigo va a ser una cosa que me cuesta
mucho —seguí.

—Hum —dijo.

—No voy a volver a jugar al fútbol en todo el año.

Mi padre ahora sí levantó la cabeza.

Y me miró.

Asombrado.

—Lo digo en serio —continué—. Me he portado muy mal, he hecho cosas que no debería hacer, y tú me has dejado que me ponga mi propio castigo. Así que voy a hacer algo que me cuesta muchísimo: no jugar al fútbol en todo el año.

—¿Estás seguro?

—Sí.

—Yo nunca te habría puesto un castigo tan duro.

—Ya, bueno. Pero creo que es lo que me merezco para aprender la lección y no volver a hacer algo así.

Me sonaron rarísimas mis propias palabras. Pero las dije, y estaba convencido de que iba a cumplirlas.

Mi padre se levantó y apagó su ordenador.

Yo lo repetí en voz alta para que quedara claro:

—Pase lo que pase, no voy a jugar al fútbol en todo el año.

Mi padre me sonrió.

Pensé que me iba a decir que no hacía falta que cumpliera el castigo.

Que era excesivo.

Que valía con la intención.

Que ya había demostrado que me arrepentía y que lo sentía muchísimo.

Y que había comprendido que no debía volver a hacer algo así.

Pero en lugar de eso, dijo:

—Estoy muy orgulloso de ti.

Y salió de la cocina.

El salón de actos del colegio estaba a rebosar.

Después de la clase de segunda hora, nos reunieron allí a todos los alumnos.

Al parecer, nos iban a informar sobre el partido de esa tarde.

Había rumores de que, a causa de la fuga de Laoi Chai San, se iba a anular; por lo visto, el centro de menores estaba siendo registrado a fondo.

También decían algunos que el equipo de Los Justos había renunciado a su posible plaza en la liga.

Pero eran todo habladurías. No había notificación oficial.

En el escenario había en ese momento tres personas:

El director del colegio, Esteban.

El presidente de la liga, Jerónimo Llorente.

Y el comisario Al-Husayni.

Llorente se acercó a un micrófono, muy solemne, y dijo:

—Buenos días. Es un placer para mí estar hoy en el Soto Alto. Este centro es uno de los colegios más antiguos de la Liga Intercentros, que tengo el honor de presidir. Aunque, todo sea dicho, por desgracia es uno de los pocos equipos que nunca han ganado la liga.

Hubo un murmullo por todo el salón.

Esteban aprovechó para acercarse al micrófono.

—Ejem... Bueno, es cierto que nunca hemos sido campeones de liga, pero hemos ganado el trofeo al juego limpio en seis ocasiones nada menos.

Hubo abucheos y algunas risas.

—Vale, vale. No estamos aquí para hablar de eso —retomó Llorente—. Además, que lo importante en el deporte es participar, ya lo sabemos.

Esteban le dio un pequeño empujón y volvió a hablar al micrófono:

—Evidentemente, no estamos hoy aquí para hablar de ese asunto, Jerónimo. Pero como has sacado tú el tema, pues ya aprovecho para decir que el Soto Alto es socio fundador de la Liga Intercentros y uno de los colegios que más veces han participado en la competición desde su creación hace más de sesenta años.

—Sí, sí. Muchas participaciones, pero ningún título —respondió Llorente, haciéndose hueco en el micrófono junto al director.

—Por algo será —dijo Esteban.

—¿Qué insinúas? —preguntó Llorente.

—Yo no insinúo nada —contestó Esteban—, pero todo el mundo sabe que las designaciones arbitrales dejan mucho que desear.

—¡No, si ahora le echarás la culpa de sesenta años de fracasos a los árbitros! ¡Ja! —exclamó Llorente.

—¿Me has llamado fracasado?

Sin venir a cuento, los dos se enzarzaron en una discusión delante de todos, quitándose la palabra el uno al otro.

Hasta que intervino Al-Husayni.

—Perdón que les corte —dijo el comisario—, pero creo que todos los presentes están deseando saber qué va a ocurrir con el partido de esta tarde.

—¡Eso! ¿Qué va a pasar? —gritó alguien desde el público.

—¿Hay partido o no hay partido? —preguntó otro.

Las preguntas y los gritos se sucedieron en el salón.

El presidente de la liga se recompuso e hizo un gesto con las manos para que se callaran y le dejaran hablar.

—Perdón, perdón. Tenéis razón —dijo al fin—. Vamos al tema. Sé que muchos pensaban que se suspendería el partido después de los incidentes de anoche, en los que, lamentablemente, se han visto envueltos los jugadores del Soto Alto, por un lado, y la capitana de Los Justos, por otro...

—Al grano, Llorente —soltó Al-Husayni.

Jerónimo se ajustó la corbata, miró a Esteban y al comisario, agarró el micrófono con la mano derecha y anunció:

—A las seis en punto de esta tarde, se jugará el partido Soto Alto contra Los Justos. El que gane se quedará con una plaza en la liga. El que pierda estará fuera.

¿Qué?

Después de todo lo que había pasado, ¿lo del partido seguía en pie?

¿Incluso después de la fuga?

—En estos momentos de confusión, queremos lanzar un mensaje —dijo Llorente—. El fútbol es un deporte de equipo que está por encima de los intereses particulares y de los problemas. ¡Mucha suerte para los dos equipos!

Nadie se movió ni dijo nada.

Creo que todos nos habíamos quedado atónitos.

Pude ver a Alicia y Felipe junto al escenario. Estaban comentando algo entre ellos.

Me dio la impresión de que ni siquiera ellos se esperaban algo así.

Al-Husayni se acercó ahora al micrófono.

—Os esperamos a todos esta tarde en el campo de Los Justos con los brazos abiertos —dijo—. Que gane el mejor.

—Y si eso no es posible, al menos que gane el Soto Alto. Ja, ja, ja, ja, ja... —dijo Esteban.

El comisario le miró con mala cara.

—Era una broma. Perdón —se excusó el director.

No sé qué les pasaba últimamente a los adultos con esas bromas malísimas.

El caso es que esa tarde había partido.

Posiblemente, el partido más importante de la historia del Soto Alto.

Y yo...

¡Yo estaba castigado sin jugar al fútbol todo el año!

¿Cómo se me había ocurrido una cosa así?

¿En qué estaba pensando cuando me puse mi propio castigo?

Bufffff.

Nada más terminar las clases de la tarde, subimos todos al autobús del colegio.

Ese día no viajamos en tren.

Fuimos en autobús.

Como otras veces.

Yo aún no le había dicho a nadie que no podía jugar.

Supongo que esperaba un milagro en el último segundo.

Que apareciese mi padre y me perdonase el castigo. Algo así.

Durante el trayecto por carretera, el ambiente dentro del autobús era algo tenso.

Supongo que todos sabíamos que nos esperaba un partido muy duro.

Yo fui todo el viaje pegado al cristal de la ventanilla, sin hablar con nadie. Pensando en las cosas que nos habían ocurrido en los últimos días. ¿Cómo había podido llegar a esa situación?

Nada más salir de la carretera principal, pude ver los muros del centro de menores.

Allí estaba.

Con la bandera pirata ondeando.

Esperándonos.

El autobús entró en el aparcamiento.

–Estás muy callado –me dijo Helena, que se había cambiado de sitio y se había puesto a mi lado.

–Eh. Bueno, sí... Es que estoy pensando un poco en todo –dije.

–¿Estás triste porque se ha escapado Laoi Chai San y no vas a volver a verla? –me preguntó de golpe.

Eso sí que no me lo esperaba.

–No, no. Eso no tiene nada que ver –respondí.

Bien pensado, sí que me daba un poco de pena no volver a verla.

Era la única niña pirata que yo conocía.

Además, a su lado siempre podía pasar algo emocionante.

Y aún no sabía si debajo del parche tenía un ojo de cristal.

–¿Estás seguro de que no la echas de menos? –preguntó Helena.

No quería mentir. Por un lado, no la echaba de menos. Pero por otro...

–¡Escuchad, por favor, tengo algo muy importante que decir! –dijo Marilyn de pronto.

Iba sentada en primera fila.

Aprovechó que el autobús se había detenido para ponerse en pie en mitad del pasillo y anunciar:

—Como capitana del equipo, quiero decir que no vamos a jugar el partido de esta tarde.

—¿Ah, no? –preguntó Ocho.

—¿De qué estás hablando? –dijo Toni.

—Entonces, ¿qué hacemos aquí? –preguntó Tomeo.

—No vamos a jugar por una razón muy sencilla –dijo Marilyn–. Le prometimos a Alicia que haríamos mil flexiones antes de jugar ningún partido, y no se nos ha olvidado.

—A mí sí se me había olvidado –dijo Camuñas.

—También se lo prometimos a Felipe –añadió Anita.

—Bueno, sí, a los dos, pero sobre todo a Alicia –insistió Marilyn–. Y las promesas están para cumplirlas. Puede que no seamos piratas, pero somos un verdadero equipo. Tenemos palabra. Y no vamos a jugar hasta que hagamos mil flexiones.

—Te recuerdo que nos quedan más de novecientas –dijo Angustias susurrando.

A continuación, Alicia y Felipe se levantaron de sus asientos también.

—Muchas gracias por tus palabras, Marilyn –dijo Felipe–. Has sido muy valiente.

—¿Estáis todos de acuerdo con lo que ha dicho la capitana? –preguntó Alicia.

Nadie contestó.

Alicia continuó:

—Os voy a decir cuál es la situación. Ahí dentro os están esperando para un partido decisivo. Si queréis jugar, podéis hacerlo, yo no os voy a detener. Si, por el contrario, queréis hacer las flexiones, tendréis todo mi apoyo y mi admiración. Sé que no es fácil. Vosotros decidís.

Seguíamos sin hablar. Alicia añadió:

–Para que podáis decidirlo libremente, os dejamos solos.

Nada más terminar, Alicia bajó del autobús.

Felipe la siguió, pero antes de irse dijo:

–La decisión está en vuestras manos. Estaremos en el campo esperando.

El entrenador también salió y pudimos ver cómo los dos cruzaban el aparcamiento.

–Yo lo he dicho y lo repito: creo que debemos hacer las flexiones –saltó enseguida Marilyn.

–¿Pero por qué? –preguntó Camuñas–. Alicia ha dicho que podemos jugar.

–Lo que ha dicho es que nosotros decidimos –intervino Helena–. Yo también creo que debemos hacer las flexiones.

–No entiendo nada –dijo Toni–. Primero nos vamos a mitad de un partido. Y ahora que nos dan otra oportunidad, resulta que tampoco vamos a jugar.

–Es más importante cumplir lo que hemos prometido –dijo Anita–. Voto por hacer las flexiones.

–Ah, ¿pero estamos votando? –preguntó Tomeo–. No me había enterado.

–Yo voto que no votemos –propuso Camuñas.

–No lo entiendo –dijo Ocho.

–Yo tampoco –dijo Tomeo riendo–, pero mola. Yo también voto que no votemos.

–Esto es muy serio. No os lo podéis tomar a risa –dijo Marilyn.

Yo aún no había abierto la boca.

En mi opinión, debíamos hacer las flexiones. Por encima de cualquier partido, teníamos que cumplir con nuestra palabra.

Por muy importante que fuera el partido.

Aprovechando que habían empezado a discutir entre todos, me levanté de mi asiento y dije:

–¡Pues yo estoy de acuerdo con Camuñas: no podemos votar como otras veces!

Todos se giraron hacia mí.

—Lo que Camuñas quiere decir es que no se puede decidir un asunto así por mayoría, igual que hemos hecho otras veces. Tiene que ser por unanimidad –seguí diciendo–. Esto es muy serio. No solo está en juego una plaza en la liga y el futuro del equipo; está en juego algo mucho más importante: nuestra palabra, la promesa que hemos hecho.

Vi que Helena con hache me miraba con atención. Parecía estar diciéndome con la mirada: «Muy bien, sigue».

Salí al pasillo.

Y seguí.

—Creo que debemos salir ahí fuera y hacer flexiones delante de todos. Eso es lo que deberíamos hacer.

—¿Y el partido? –preguntó Ocho.

—El partido puede esperar; nuestra promesa, no —respondí convencido.

Puse la mano extendida y dije:

—¡Flexiones!

Poco a poco, se fueron acercando todos y poniendo sus manos sobre la mía, al tiempo que exclamaban:

—¡Flexiones! ¡Flexiones! ¡Flexiones!

Allí estábamos todos, con las manos juntas.

Solo faltaba Toni.

Se encogió de hombros.

—Qué remedio... Flexiones.

Y también puso su mano sobre las demás.

Después de eso, bajamos todos del autobús, decididos. Rumbo al campo. Dispuestos a hacer flexiones delante de todos.

Mientras atravesábamos el aparcamiento, Camuñas parecía un poco confundido. Se acercó a mí y me murmuró al oído:

—Oye, ha estado muy bien, pero yo no quería decir eso.

—No te preocupes, era solo un ejemplo —respondí—. Por cierto, yo no puedo jugar el partido: estoy castigado.

—¿¡Qué!? —preguntó.

—Shhhhhhhhhhhhh.

29

Después de cambiarnos en el vestuario, saltamos al terreno de juego.

Las gradas del campo estaban llenas.

En una parte se encontraban los internos del centro de menores.

Casi cien adolescentes dispuestos a apoyar a su equipo.

También había un montón de funcionarios con sus uniformes grises. Atentos a todo lo que pasaba.

Reconocí a la oficial de guardia que nos había vigilado cuando visité a Chai San. Estaba al borde del campo, moviendo su porra a un lado y otro.

En la otra parte de las gradas había un montón de gente de nuestro colegio.

Muchos de nuestros compañeros y profesores. Padres y madres. Incluso había venido Salvatierra. Estaba junto a mis padres, hablando animadamente con ellos. Sobre todo con mi madre, la verdad.

Allí se encontraban también Jerónimo Llorente y Esteban.

Nadie quería perderse el partido.

Había una expectación enorme.

Todos gritaron y aplaudieron al vernos aparecer.

Lo que nadie se imaginaba era lo que iba a ocurrir un minuto después.

También llegaron al campo los jugadores de Los Justos, vestidos con su equipación roja. Todos llevaban pequeñas banderas piratas.

Al frente de ellos iba Zlatan. En esta ocasión era él quien llevaba el brazalete de capitán.

El árbitro apareció en el centro del campo e hizo un gesto.

Era el mismo chico con las gafas enormes atadas con una cinta. El sobrino del presidente de la liga.

Llamó a los dos capitanes para que se acercaran.

Cuando tuvo a Marilyn y Zlatan a su lado, dijo:

—No quiero ni una protesta. Al primero que me falte al respeto, tarjeta y expulsión. Quedáis advertidos.

No dijo nada del juego limpio ni de las faltas, pero sí de las protestas. Así era su estilo, por lo que se ve.

A continuación, hizo sonar el silbato para que todos nos preparásemos.

El comisario Al-Husayni, que se había puesto su chándal rojo, pisó el campo. Alzó la mano izquierda para que pudieran verle todos.

De inmediato, los nueve jugadores de su equipo levantaron sus banderas piratas, una por cada jugador.

El ceremonial era igual que la otra vez.

El entrenador gritó:

—¿Quiénes somos?

Esta vez no contestaron solo los jugadores. Desde la grada, todos los internos respondieron al mismo tiempo:

—¡Los Justoooooooooos!

—¿Qué hacemos?

—¡Jugar, luchar, ganar!

—¿Por qué?

—Porque somos... ¡los piratas de Los Justoooooooooos!

Los nueve ondearon las banderas al viento, mientras los cien internos seguían gritando.

—¡Justoooooooooos, Justoooooooooooos... a ganaaaaaaar!

La verdad es que impresionaba verlos gritar de esa forma. Si hubiéramos tenido que empezar el partido en ese momento, nos habríamos asustado.

Pero, en lugar de eso, hicimos algo que nadie esperaba.

Nos agachamos junto a la banda...

Y empezamos a hacer flexiones.

Marilyn comenzó a contar en voz alta:

—Novecientas cuarenta y ocho... Novecientas cuarenta y siete...

Alicia y Felipe salieron del banquillo y nos observaron.

Parecían muy sorprendidos.

Y muy satisfechos también.

—Novecientas cuarenta y seis... Novecientas cuarenta y cinco...

Esteban se levantó en la grada, nervioso.

Llorente le miró sin entender nada. Le preguntó:

—¿Se puede saber qué hacen los jugadores del Soto Alto?

—¿Eh? Pues... la verdad... no tengo ni la más remota idea... —dijo Esteban, y se giró hacia nosotros—. ¡¿Pero qué hacéis!?

—Novecientas cuarenta y cuatro... Novecientas cuarenta y tres...

Mis padres y el Destructor también se pusieron en pie, boquiabiertos.

—¿Es algún tipo de ritual antes del partido? —preguntó Salvatierra.

—No lo habían hecho nunca —respondió mi padre.

—Debe ser una técnica nueva —observó mi madre, que no nos quitaba ojo.

—Sinceramente, yo esto de hacer flexiones antes de jugar un partido, no lo veo —añadió mi padre.

—Si es que eres un clásico, Emilio. Ja, ja, ja, ja, ja, ja, ja... —dijo Salvatierra, y le dio en la espalda uno de sus palmetazos, que casi le tira de la grada.

—Y dale con las palmaditas —se lamentó mi padre, que se tuvo que agarrar a mi madre para no caerse.

—Novecientas treinta y nueve... Novecientas treinta y ocho...

El árbitro se acercó a nosotros, desconcertado.

—¡Jugadores, al campo! —exclamó—. ¡Vamos a empezar!

Desde el suelo, Marilyn dijo:

—Lo siento, señor. No es una falta de respeto. Es que tenemos que hacer mil flexiones antes del partido.

—Se lo hemos prometido a la entrenadora —añadió Tomeo resoplando.

Alicia y Felipe nos miraron sonriendo, orgullosos.

—¿Empezamos o qué? —preguntó impaciente Al-Husayni desde su banquillo, con los brazos en jarras.

Tras el desconcierto inicial, el árbitro hizo sonar el silbato otra vez.

—¡Al campo he dicho! ¡Ya! —dijo señalándonos con el dedo índice.

—¿Nos va a sacar tarjeta por hacer flexiones? —me preguntó Camuñas bajando la voz.

—Es muy capaz —respondí.

—¡Esto es inaceptable! Si en diez segundos exactamente no están en el terreno de juego —amenazó el árbitro—, ¡expulsaré a todos los jugadores! ¡Y a los entrenadores!

—A mí ya me expulsó la última vez —dijo Felipe, ignorándole.

El árbitro hablaba muy en serio.

Empezó a contar:

−¡Uno... dos... tres...!

Todo el mundo en las gradas se puso en pie, sin comprender qué ocurría.

A no ser que Alicia dijera algo, no pensábamos movernos de allí.

La entrenadora contempló la escena sin inmutarse.

Parecía estar comprobando si de verdad estábamos dispuestos a perder el partido, y la liga, y todo, con tal de cumplir la promesa que habíamos hecho.

−¡Cuatro... cinco...!

Felipe la miró, atacado de los nervios.

−Alicia, por lo que más quieras, di algo −musitó.

Ella no movió ni un músculo de la cara.

Nosotros seguimos con las flexiones.

−¡Seis... siete...!

—Los chicos han demostrado que tienen palabra –siguió Felipe–. Y que te respetan. Y que se comportan como un equipo... ¡Alicia, por favor, diles que vayan al campo!

La entrenadora seguía inmóvil.

El propio árbitro no sabía qué hacer.

–¡Ocho... nueve... y...!

Al fin, Alicia dio un paso al frente.

–¡Se acabaron las flexiones! –interrumpió Alicia–. Ya está bien por hoy. ¡A jugar todos ahora mismo!

Menos mal.

Los espectadores y nosotros mismos resoplamos aliviados.

¡No nos había expulsado por muy poco!

De un salto, nos pusimos todos en pie.

Y entramos en el campo.

—¡Haremos todas las flexiones en los entrenamientos! —dijo Marilyn.

—¡Prometido! —añadió Helena.

—Lo sé —dijo Alicia—. ¡Venga! Ahora, a jugar y a demostrar que somos un equipo.

—Que no se repita algo así —dijo el árbitro, ajustándose la cinta con las gafas.

Él también se dirigió al centro del campo para comenzar el partido.

Yo me detuve en la banda y miré a mi padre.

Le busqué en la grada y cruzamos una mirada.

Si la entrenadora nos había aplazado el castigo, tal vez él podía hacer lo mismo.

Sin embargo, él me observó y no dijo nada.

Supongo que tenía muy buenos motivos para no levantarme el castigo.

—¿Qué haces, Pakete? —me preguntó Alicia—. Anda con tus compañeros a jugar. No hay tiempo que perder.

—Lo siento, pero no puedo jugar —dije—. Por favor, que entre Ocho en mi lugar.

Sin esperar respuesta, me fui hacia el banquillo.

Alicia levantó la vista y ella también intercambió una mirada con mi padre. Entendió que iba en serio.

A un gesto de la entrenadora, Ocho saltó al campo.

Yo me senté en el banquillo, al lado de Anita y de Felipe.

–¿Estás bien? –me preguntó el entrenador al verme allí.

No pude contestar porque un enorme pitido recorrió el campo.

Piiiiiiiiiiiiiiiiiiiiiiiiiiiiiiiiiiiiiiiiiiiiiiiiii.

Y el partido comenzó.

TONI RECIBE EL BALÓN Y SE GIRA PARA DARLE UN PASE A HELENA.
PERO ANTES DE QUE PUEDA REACCIONAR...
¡ZLATAN LE HACE UNA ENTRADA CON LOS DOS PIES!

¡ÁRBITRO,
FALTA!

¡DE ESO
NADA!

EL BALÓN LLEGA REBOTADO AL NÚMERO 6,
QUIEN LE METE UN PATADÓN.

LA PELOTA VUELA HACIA NUESTRO CAMPO.
CUANDO TOMEO SE PREPARA PARA DESPEJAR DE CABEZA,
EL NÚMERO 11 DE LOS JUSTOS LE PEGA UN TREMENDO EMPUJÓN.

¡FALTA!
¡FALTA!
¡FALTA!

¡DE ESO NADA!

LA PELOTA SE HA QUEDADO MUERTA AL BORDE DEL ÁREA. CAMUÑAS SALE DISPARADO DESDE LA PORTERÍA A POR ELLA.

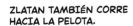

ZLATAN TAMBIÉN CORRE HACIA LA PELOTA.

EL NÚMERO 11 TAMBIÉN VA HACIA LA PELOTA.

¡VAMOS, CAMUÑAS! ¡TÚ PUEDES!

¡TIENES QUE LLEGAR ANTES! ¡CORREEEEE, CAMUÑAS!

LOS TRES CORREN CON TODA SU ALMA.

TODOS EN EL CAMPO NOS PONEMOS DE PIE Y CONTENEMOS LA RESPIRACIÓN.

CAMUÑAS LLEGA
EL PRIMERO
POR MUY POCO.

SIN EMBARGO,
NO LE DA TIEMPO
A DESPEJAR.

ZLATAN Y EL 11
LE HACEN
UN SÁNDWICH.

¡FALTAAAAAA!

¡DE ESO NADA!

CAMUÑAS SE QUEDA TIRADO EN EL SUELO. ZLATAN COGE EL BALÓN TRANQUILAMENTE.

Y SIN NADIE QUE SE LO IMPIDA, LO METE DENTRO DE LA PORTERÍA. ¡GOOOOOOL DE LOS JUSTOS!

EL POBRE CAMUÑAS NI SABE LO QUE HA OCURRIDO.

¿HE LLEGADO YO ANTES?

Minuto 1 de partido.

Los Justos, 1 - Soto Alto, 0.

Y lo que era aún peor: ya teníamos tres lesionados.

Toni, Tomeo y Camuñas.

Vaya manera tan horrible de empezar.

Anita saltó al campo en sustitución de Camuñas.

Los otros dos aguantaron como pudieron. Tomeo iba cojeando ligeramente y Toni se quejaba del tobillo, pero no había más cambios.

El resto de la primera parte fue un desastre.

Ellos no se pasaban el balón, solo se dedicaban a destruir el juego. Y cuando les llegaba la pelota, patadón.

Igual que habían hecho durante el primer partido.

Con la diferencia de que esta vez, además, iban ganando.

No volvieron a tener ni una sola ocasión.

La verdad es que nosotros tampoco. No resultaba fácil hacer una jugada con un equipo enfrente que solo se dedicaba a dar golpes. Y con un árbitro que no pitaba ni una falta.

–¡Arbitrucho, vergüenza debería darte! –gritó mi madre desde la grada.

–Juana, por favor –dijo mi padre tratando de tranquilizarla.

–Ni Juana ni nada. ¡Si es que no tiene sangre en las venas ese árbitro! –exclamó mi madre, fuera de sí–. ¡Al oculista, cegato!

–Pero si ya lleva gafas el muchacho –replicó mi padre.

–¡Por eso mismo! ¡Cegato, cuatro ojos! –respondió mi madre, aumentando el volumen de sus gritos hacia el campo.

–¡Qué temperamento! ¡Ja, ja, ja, ja, ja, ja, ja! –dijo Salvatierra.

Los internos coreaban al equipo de Los Justos cada vez que nos daban una patada o un empujón.

–¡Justooooooooooos, Justoooooooooooooos... a ganaaaaaaar!

Los padres y madres y compañeros de nuestro colegio trataban de animarnos a nosotros, a pesar de que no conseguíamos dar ni dos pases seguidos.

–¡Soto Alto ganará, ra-ra-ra!

Y unos asientos más atrás había una persona que no animaba a ninguno de los dos equipos. Alguien que animaba... ¡al árbitro!

–¡Sigue así, chaval! –exclamó el presidente de la liga aplaudiendo al colegiado–. Es un ejemplo de carácter este árbitro:

no se deja influir por los gritos de los entrenadores ni por los abucheos del público.

—Ni por las patadas de los jugadores tampoco —murmuró Esteban.

Llorente ignoró su comentario y siguió aplaudiéndole.

—¡Muy bien, árbitro, bravo! —gritó, y después le dijo a Esteban—: Es mi sobrino segundo, ¿sabes?

—Algo había oído —respondió el director del colegio, sin atreverse a llevarle la contraria.

En el terreno de juego, todo siguió igual.

Marilyn intentó subir por la banda con el balón un par de veces, pero era imposible. En cuanto avanzaba unos metros, ZAS, patadón, zancadilla o las dos cosas.

Helena y Toni también intentaron algunos regates, sin éxito. La respuesta de los jugadores contrarios era siempre la misma: un golpe, un empujón y al suelo.

Zlatan parecía estar disfrutando.

—Os veo un poco flojos —le dijo a Helena sonriendo—. ¿Necesitas ayuda, ojazos?

Ella ni siquiera le contestó.

Cuando llegamos al descanso, respiramos aliviados.

Por la cara de los jugadores del Soto Alto, daba la impresión de que, más que en un partido de fútbol, estábamos en medio de una batalla.

Camino de los vestuarios, Al-Husayni se dirigió a Alicia en plan simpático.

–Un partido muy disputado, ¿verdad, entrenadora? –dijo–. Movimientos tácticos interesantes por ambas partes. Estoy aprendiendo mucho.

Ella se dio la vuelta al oírle. Me fijé en Felipe, que la observaba. Estaba pendiente de su reacción, temeroso de que Alicia sonriera al comisario, como había hecho durante el primer partido.

Sin embargo, la entrenadora hizo algo muy diferente.

Le miró de arriba abajo, muy seria.

Y le dijo:

–No es un partido disputado. Ni siquiera es un partido. Lo que está ocurriendo en ese campo es una deshonra para el fútbol.

–¿Eh?

Al-Husayni se quedó muy sorprendido al escucharla.

Todos los jugadores del equipo nos dimos la vuelta. No era normal ver a Alicia tan enfadada, y mucho menos con el entrenador rival.

–Escúcheme bien –continuó ella–. Si uno solo de mis jugadores resulta lesionado de gravedad, voy a denunciarle a usted en la comisaría. Por incitación a la violencia. Por manipular a unos niños para que lesionen a otros. Y por más cosas que se me ocurrirán sobre la marcha. Queda advertido.

–Entrenadora, entre compañeros yo creo que sobran las amenazas y... –trató de defenderse Al-Husayni.

–¡No somos compañeros! –le cortó Alicia–. Y lo de la denuncia va muy en serio. Mucho ojito en la segunda parte.

Ella se dio la vuelta y le dejó allí plantado.

Felipe aprovechó para acercarse también al comisario y decir:

—Es mi esposa, ¿sabe usted?

Y se fue detrás de Alicia.

Al-Husayni se quedó allí con la cara torcida. No se esperaba aquella respuesta.

Los jugadores de nuestro equipo fueron a los vestuarios con los entrenadores. Antes de seguirlos, aproveché para acercarme un momento al entrenador y director de Los Justos.

—Perdone que le moleste —dije—. ¿Se sabe algo de Laoi Chai San? Es que estoy muy preocupado por si le ha pasado algo.

Él sonrió al escucharme.

—No te preocupes demasiado —respondió—. Almudena sabe cuidarse muy bien. Además, tiene amigos en todas partes.

Y me guiñó un ojo.

Le miré intentando comprender por qué había hecho eso.

¡Estaba claro!

En ese preciso instante, recordé algo muy importante que había leído en el informe policial. Se decía que Chai San posiblemente tenía un cómplice en el robo al banco. Y que lo más probable era que ese cómplice fuese una persona adulta.

Por la forma en que hablaba con tanta familiaridad de «Almudena».

Por cómo me guiñó el ojo.

Pensé que... Al-Husayni podía ser ese cómplice.

¡Todo encajaba! ¡El director del centro de menores primero había planeado el robo con ella! ¡Y después la había ayudado a fugarse!

Era perfecto.

Y nadie sospecharía de él.

No sé cuánto dinero se habían llevado del Banco Redondo, pero seguro que era mucho. Suficiente para que a un comisario le mereciera la pena implicarse en una cosa así.

Le observé y dije:

—Claro, claro, ella tiene muchos amigos en todas partes.

Como no decía nada, insistí:

—Muchos «amigos», ya me entiende.

Al-Husayni se acercó y me preguntó:

—¿Estás bien, chico?

—Perfectamente.

Y ahora le guiñé yo un ojo.

Él pareció sorprenderse.

Dijo:

—Sois un poco raros los del Soto Alto.

Sin más, se alejó de allí como si no entendiera nada.

Por mucho que se hiciera el sorprendido, tenía que ser él.

¿O no?

Era imposible saberlo con seguridad.

Después del partido, debía encontrar la forma de hablar con el comisario y que me contara la verdad. Tenía muchas preguntas que hacerle. Sobre el robo. Sobre el botín. Y sobre muchas más cosas. Le prometería que, si me decía la verdad, no se lo contaría a nadie. Yo no era ningún chivato.

Un momento después, entré al vestuario con mis compañeros.

Estaban tirados sobre los bancos, derrotados.

Durante el resto del descanso, Felipe y Alicia trataron de dar ánimos.

Dijeron que el fútbol no consistía en dar patadas. Que era un juego de equipo. Y no teníamos que olvidarnos de eso: nosotros éramos un auténtico equipo, pasara lo que pasara.

–¿Somos un equipo o no somos un equipo? –dijo Felipe, poniéndose en pie.

Pero mis compañeros no parecían muy animados.

–Sí, sí.

–Un equipo.

–Eso.

Contestaron sin muchas ganas, la verdad. Estaban más preocupados por las patadas y los golpes que por las palabras de los entrenadores.

Angustias levantó la mano y preguntó:

–Yo voto que nos vayamos a casa en el descanso, igual que la otra vez. A lo mejor los demás lo estáis pensando y no os atrevéis a decirlo.

Al no obtener respuesta, insistió:

–Total, si ya lo hicimos una vez, por otra más tampoco pasa nada.

Helena le miró.

–No nos vamos a ninguna parte –dijo.

No hicimos ninguna votación.

Y, por supuesto, no abandonamos el partido.

No había tiempo para más.

Salimos de nuevo al campo, preparados para jugar.

Al llegar al banquillo, Alicia me preguntó:

–¿Tampoco puedes jugar la segunda parte?

Me giré hacia el público.

Mis padres hablaban con otros padres del colegio animadamente, señalaban al árbitro y parecían discutir alguna jugada. En mitad de la conversación, vi que mi padre me miró de reojo.

Pero nada. No me hizo ningún gesto ni me dijo nada.

Apartó la mirada, y yo hice lo mismo.

–No puedo –respondí a la entrenadora.

Ella asintió, comprendiendo.

Los jugadores de los dos equipos saltaron al campo.

Era horrible no poder ayudar a mis compañeros. Se pasa mucho peor viendo el partido desde el banquillo que desde dentro del campo.

No me quedaba más remedio.

El árbitro pitó y el balón se puso en juego.

La segunda parte comenzó con una gran sorpresa.

Por lo menos para mí.

—Tengo un mensaje para un niño que se llama Pakete.

Me giré.

Detrás del banquillo estaba Salvatierra.

Observándome.

Llevaba un bocadillo de jamón en una mano y un refresco en la otra.

—Me encanta el jamón —dijo, y le dio un gran bocado.

Como el partido se estaba disputando, nadie se fijó en nosotros.

Los gritos de uno y otro bando continuaban.

En el campo, las patadas y las protestas también seguían.

Me acerqué al Destructor con curiosidad.

Esas palabras que había dicho...

«Un mensaje para un niño que se llama Pakete».

Eran exactamente las mismas palabras que dijo Chai San cuando la conocí.

–¿Qué mensaje? –le pregunté.

Él siguió masticando y sonriendo, como hacía siempre.

Se agachó para que le pudiera oír bien.

Y, con la boca llena, dijo:

–Tiggga fe da cuegggda goga.

–¿Cómo? –pregunté sin entender.

Terminó de tragar un enorme trozo de pan con jamón y dio un trago.

–Uf, es que se me hace bola el pan –murmuró el inspector señalando el bocadillo.

Ya con la boca vacía, repitió lo que había dicho:

–Tira de la cuerda roja.

Ahora le había entendido.

Pero, aun así, no comprendía nada.

¿Qué cuerda roja?

¿De dónde tenía que tirar?

¿Por qué me daba Salvatierra ese mensaje?

Le miré detenidamente, intentando saber qué estaba pasando allí, y pregunté:

–¿A qué se refiere con eso de la cuerda roja?

Como hacía siempre, él sonrió de oreja a oreja.

–Yo creo que está muy claro.

Volvió a dar otro gran mordisco al bocadillo.

–Mmmmmmm...

–Perdón, yo no lo veo tan claro –seguí–. Además, ¿por qué tiene un mensaje para mí? Es la misma frase que me dijo Laoi Chai San cuando la conocí, ¿Cómo lo sabía? Y, por otra parte, ¿qué es eso de la cuerda roja? ¿Por qué tengo que tirar?

El Destructor soltó una carcajada.

–Cuántas preguntas –exclamó riendo y masticando al mismo tiempo.

Le miré esperando que respondiera. En lugar de eso, me revolvió el pelo con la mano.

Puffffff...

Qué manía.

Sin dejar de sonreír, murmuró:

–No miento. No me chivo. No me fío.

¿Eh?

El código pirata.

Por si eso fuera poco, sentí un objeto frío en la mano.

El Destructor me había dado una cosa sin que nadie le viera.

¡Era mi móvil!

Allí estaba.

Entonces...

¡Salvatierra era el cómplice de Laoi Chai San!

¡Exacto!

¡Sabía el código pirata, tenía mi teléfono y me traía mensajes de Almudena!

Ahora sí que encajaba todo.

Aquel inspector era realmente el que había planeado el atraco al banco. Él tenía más información que nadie. Podía hacerlo. Y lo había hecho.

Y después la había ayudado a escaparse.

Seguro que él sabía dónde estaba escondido el botín.

—¿Dónde está el dinero del atraco? —pregunté directamente.

Una vez más, se rio sonoramente.

—Si supieras dónde está, ¿qué harías con él?

Entonces recordé aquello de que la auténtica Laoi Chai San robaba a los ricos y lo repartía entre la gente que lo necesitaba.

Igual que Robin Hood.

Tal vez yo haría lo mismo.

Iba a contestar.

A decirle que esa no era la cuestión.

Iba a decirle muchas cosas.

Pero no pude.

Un tremendo grito recorrió el campo en ese momento:

—¡Vamooooooooooooooooooos!

La gente se puso en pie.

Me di la vuelta para ver qué ocurría.

Y me encontré a...

¡Angustias con el balón controlado y corriendo solo en dirección a la portería contraria!

No había defensas ni jugadores rivales.

Solo el portero de Los Justos, esperándole con cara de pocos amigos.

Toni, Helena y Marilyn estaban tirados en el suelo, y a su lado había varios jugadores rivales que seguramente los habrían empujado.

Alicia y Felipe estaban en la banda de pie, dando voces.

–¡Vamooooos, Angustias!

–¡Tú puedes!

Mi madre también gritaba como una posesa desde la grada.

–¡Corre, corre, corre!

Los demás padres y compañeros gritaban y aplaudían.

Angustias corría con la cabeza agachada y el balón en los pies hacia la portería. A toda velocidad.

Zlatan le perseguía, iba corriendo detrás de él.

La número cinco también corría.

Pero Angustias tenía ventaja.

El portero de Los Justos era un chico con una pequeña cresta. Iba vestido completamente de rojo, al igual que sus compañeros.

Salió de la portería pegando saltos.

Y dando gritos:

–¡Aaaaaaaaaaaaaaaaaaaaaaaaarrrrrgggggggggg!

Tratando de asustar a Angustias.

Pero él no se iba poner nervioso tan fácilmente.

Sabía que era una jugada muy importante.

No se iba a dejar asustar por un gritito...

¿O sí?

En cuanto vio al portero que iba directo a por él, gritando, Angustias se tiro al césped y se tapó con las dos manos.

Pero al caer al suelo... ¡golpeó la pelota con la cabeza sin querer!

¡Y la pelota salió disparada!

El portero, que estaba pegando un tremendo salto, vio cómo el balón pasaba por debajo de él.

Siguió adelante.

¡¡¡Y entró en la portería!!!

Gol.

–¡Goooooooooooooooooooooool! –gritaron Felipe y Alicia, abrazándose.

–¡Golazoooooooooooooooooo! –exclamó mi madre.

–¡Toma Soto Alto! –gritó también Esteban.

Todos miraron al árbitro.

Temiendo que pitara algo extraño.

El chico se ajustó una vez más la cinta con las gafas, hizo sonar el silbato y señaló el centro del campo.

¡El gol era válido!

Los Justos, 1 - Soto Alto, 1.

En la grada, familiares y amigos lo celebraban dando saltos y cantando:

> ¡So-to Al-to ga-na-rá!
> ¡So-to Al-to, ra-ra-ra!

Angustias al fin asomó la cabeza, asustado.

Nadie se tiró sobre él para celebrarlo, ya que casi todos los jugadores del Soto Alto estaban recuperándose de los golpes y las patadas, poniéndose en pie como podían.

–¡Angustias, golazo! –le gritó Felipe señalándole.

–¿Mío? –preguntó él, desconcertado.

–¡Pues claro!

El propio Angustias se puso a celebrarlo dando saltitos sobre el campo, hasta que Zlatan le miró con mala cara.

–Perdón –dijo, y salió corriendo hacia nuestro campo.

Yo me giré de nuevo hacia Salvatierra.

–¿Has visto qué golazo? –pregunté.

Pero allí no estaba el inspector.

No había nadie junto al banquillo.

Levanté la vista.

Tampoco le localicé en la grada.

Había desaparecido.

Me guardé el móvil.

Y recordé sus palabras: «Tira de la cuerda roja».

Si era verdad lo que yo sospechaba, era un mensaje de Laoi Chai San.

La niña pirata.

La que había cometido ciento doce delitos.

Ciento trece, si contábamos la fuga de Los Justos.

La autora del atraco más famoso de los últimos tiempos.

La que robaba a los ricos para repartirlo entre la gente del pueblo.

Suponiendo que fuera verdad.

Muy pronto lo iba a averiguar.

Quedaban exactamente tres minutos para terminar el partido.

Y todo seguía igual.

Empate a uno.

Yo miraba hacia todas partes, tratando de averiguar qué significaría eso de la cuerda roja.

Pero no había rastro de ninguna cuerda.

Y mucho menos, de color rojo.

Al mismo tiempo, estaba pendiente de lo que ocurría dentro del campo.

Mis compañeros aguantaban como podían.

Las faltas continuaban, una detrás de otra.

No había ocasiones en ninguna de las dos áreas.

Camuñas estaba en el banquillo, lesionado. No había podido volver a jugar.

El resto corría tratando de evitar los golpes.

Era totalmente imposible hacer una jugada completa.

Justo en ese momento, en el centro del campo y sin venir a cuento, Zlatan le hizo una entrada durísima a Tomeo, que saltó por los aires.

Y cayó de espaldas al césped.

—¡Aaaaaaaaaay! —se lamentó el pobre Tomeo, que se pegó un tremendo culazo al estamparse con el suelo.

Fue una falta tan clara que el árbitro no tuvo más remedio que pitarla.

Alicia y Felipe, una vez más, saltaron como resortes:

—¡Tárjeta, árbitro!

—¡Expulsión!

El colegiado los miró de reojo y no les hizo ni caso. Al menos, no les sacó tarjeta a ellos por protestar.

Tomeo se apoyó con los dos brazos en Angustias y Marilyn para levantarse. No podía apoyar el pie.

—¡Duele! —exclamó señalando su tobillo.

Estaba claro que no podía seguir.

Le ayudaron a salir, cojeando.

Al llegar al banquillo, se dejó caer sobre uno de los asientos de plástico. Aunque había recibido un golpetazo, parecía aliviado. Ya no tendría que seguir aguantando más patadas y empujones.

—¿Estás bien? —le preguntó Felipe.

—Creo que por culpa del golpe me está bajando el azúcar —respondió—. ¿Nadie tiene un dónut o algo?

Felipe le sonrió. Si Tomeo ya estaba pensando en comer, era señal de que no estaba tan mal.

Entonces se hizo el silencio.

Todo el mundo en el campo miró a la misma persona.

¡A mí!

Alicia y Felipe.

Mis compañeros.

Los espectadores en la grada.

El entrenador y los jugadores rivales.

Incluso el árbitro.

Absolutamente todos me miraron a mí.

El equipo estaba con seis.

No quedaba tiempo.

Y el único jugador que podía salir era yo.

Me puse en pie sin saber qué hacer.

No era el momento de explicar por qué no estaba jugando.

Me dio mucha vergüenza que todos me mirasen. Pero yo mismo había elegido el castigo. Y no me lo podía saltar. Por mucho que me fastidiase.

En ese momento, se oyó una voz que venía de la grada:

—¡Vamos, Pakete! ¿A qué estás esperando?

Era mi madre.

Me hacía gestos con la mano para que entrase a jugar.

Inmediatamente, mi padre también se levantó.

Me miró fijamente.

Ante la expectación de todos los presentes.

Y por fin hizo un gesto con la mano.

—¡Venga! ¡Entra de una vez! —exclamó.

—¿De verdad puedo? —pregunté nervioso.

—¿No lo has oído? —dijo mi madre, impaciente—. ¡A jugar!

—Pero es que estoy castigado y... –respondí.

—¡Pamplinas! –me cortó mi madre.

—¡Ya has oído a tu madre! –repitió mi padre–. ¡A jugar de una vez!

Creo que levanté el puño y di un salto de alegría. Aunque no estoy seguro, porque la verdad es que estaba muy nervioso.

No había tiempo que perder.

Me quité el chándal y me preparé para entrar.

Felipe me dijo que tratara de abrirme a la banda.

Alicia me dijo que jugara sin miedo.

Felipe insistió en que pasara el balón al primer toque.

Alicia volvió a decirme que lo más importante era que disfrutara y que jugara en equipo y que...

—¿Entra o no entra? –preguntó el árbitro.

—¡Entro! –dije.

Crucé una mirada con mi padre. Le di las gracias con un gesto de la cabeza. Él sonrió.

Después de todo el partido esperando, al fin entré al terreno de juego.

Zlatan se cruzó conmigo y me dio un pequeño empujón en el hombro.

—No te alegres, panoli –murmuró–. Bienvenido al infierno.

De inmediato, el árbitro pitó para que se reanudara el partido.

Miré el reloj del marcador.

Quedaban menos de dos minutos.

Al-Husayni levantó los brazos, animando a los suyos.

Los gritos de los internos del centro de menores arreciaron:

—¡Justoooooooooos, Justoooooooooooooos... a ganaaaaaaar!

Nada más recibir el primer pase de Helena, un jugador contrario se tiró encima de mí y me pasó por encima.

El árbitro exclamó:

—Carga legal.

Y me hizo un gesto para que me pusiera en pie.

Efectivamente, aquello era un campo de batalla.

No era posible dar un paso con el balón sin que un rival se tirara encima.

El tiempo corría.

Si acabábamos con empate, no sé qué podría pasar.

Tal vez habría prórroga.

O penaltis.

O se volverían a reunir con el presidente de la liga para tomar una decisión.

Pero fuera lo que fuera, seguro que sería algo malo para nosotros.

Era lo que siempre pasaba.

Tenía que intentar meter un gol como fuera.

Vi que nuestra portera, Anita, tenía el balón.

Levanté la mano y pedí que me lo pasara.

Ella lo lanzó bombeado hasta donde yo me encontraba.

Enseguida apareció a mi lado el número cinco de Los Justos, que era mucho más grande que yo.

Los dos veíamos la pelota volar hacia nosotros, codo con codo.

Sabía perfectamente que tarde o temprano me pegaría un empujón. Así que esperé al último segundo, y cuando la pelota estaba a punto de caer...

¡Me aparté!

El número siete intentó golpearme con fuerza, pero como yo ya no estaba, cayó al suelo.

Dejé que el balón rebotara en el césped y lo controlé al segundo toque.

Levanté la cabeza y vi a Toni y Helena muy adelantados, pero dos rivales los cubrían de cerca. No podía pasarles el balón.

Tenía que avanzar yo solo.

Seguí adelante unos metros, con decisión.

Escuché el rumor de la grada a mi espalda.

La gente que se iba poniendo en pie a medida que daba zancadas.

Podía conseguirlo.

Podía hacerlo.

Nada ni nadie me detendría.

Solo quedaban treinta segundos.

Tiempo suficiente para llegar hasta la portería.

Pegado a la banda, seguí con el balón en mis pies.

Esta vez no estaba Chai San para detenerme, como en el primer partido.

Esta vez lo iba a lograr.

Me sentí ligero.

Me sentí capaz de cualquier cosa.

Llegaría hasta el área.

Y metería un golazo.

Y...

¡ZAS!

Salió de la nada.

Por lo menos, yo no le vi venir.

Zlatan me dio una tremenda patada.

No intentó jugar el balón. Simplemente, me golpeó en la pierna de apoyo.

¡Había sido una entrada terrible!

Yo perdí el equilibrio y rodé por el suelo. Cerré los ojos y di varias vueltas sobre el césped. Hasta que me quedé tirado boca arriba fuera del campo.

Escuché el silbato del árbitro.

Escuché también los gritos, las protestas de unos y otros.

Abrí los ojos.

Fue lo primero que vi.

En lo más alto.

Ondeando al viento.

La enorme bandera pirata de Los Justos.

Con la calavera y las dos espadas cruzadas.

Era una bandera mucho más grande y más gruesa de lo normal.

Una bandera espectacular.

¡Eso es!

En ese momento, lo comprendí todo.

Supe perfectamente lo que tenía que hacer.

DIEZ SEGUNDOS
PARA TERMINAR EL PARTIDO.
ME PREPARO PARA SACAR LA FALTA.

34

TODOS LOS JUGADORES
DE LOS JUSTOS
SE HAN REPLEGADO,
PREPARADOS
PARA DEFENDER.

MIS COMPAÑEROS
HAN SUBIDO,
DISPUESTOS A REMATAR.
ESPERAN QUE LANCE
EL BALÓN AL ÁREA.

EL ÁRBITRO PITA.

NUEVE.

EN LUGAR DE SACAR,
ME ACERCO CORRIENDO AL MÁSTIL
EN QUE ONDEA LA BANDERA PIRATA.
HAY DOS CUERDAS ATADAS.

¡AHÍ ESTÁ LA CUERDA ROJA! ¡DELANTE DE TODOS!

SIN PENSARLO, TIRO DE ELLA CON FUERZA. CON TODAS MIS FUERZAS.

OCHO.

LA CUERDA ROJA ARRANCA UN DOBLE FONDO DE LA BANDERA. ¡ESTA SE ABRE!

¡Y COMIENZAN A CAER BILLETES! DE DIEZ, DE VEINTE, DE CINCUENTA... ¡EL BOTÍN DEL ATRACO!

El árbitro saltaba ridículamente por el campo.

Atrapando billetes.

El resto hacía lo mismo.

Seguían cayendo más y más billetes.

¡Era increíble la cantidad de billetes que podían caber en el doble fondo de la bandera!

Tal vez llevaban ahí desde el principio y nadie se había dado cuenta.

Helena y yo nos acercamos al árbitro:

–¡Árbitro, gol del Soto Alto! –exclamó Helena.

–¡Un golazo! –dije yo.

El chico se ajustó las gafas mientras se metía un fajo de billetes en el bolsillo del pantalón corto. Miró hacia la portería sin mucho interés y dijo:

–¡Sí, sí, gol!

Hizo sonar el silbato.

–Fin del partido –dijo–. Y ahora, dejadme en paz, que estoy muy ocupado.

Siguió dando saltos y cogiendo más billetes.

El presidente de la liga y Esteban trataban de disimular, como si la cosa no fuera con ellos.

–Ha sido un final un poco irregular, ejem –dijo Llorente.

–Sí, bueno, pero al fin y al cabo ha sido gol. Ya has oído a tu sobrino –dijo Esteban–, quiero decir, al árbitro.

–Ya, ya... –reconoció el presidente de la liga–. Oye, Esteban, ¿y si cogemos unos billetitos nosotros también?

Se miraron y, sin más, se lanzaron gradas abajo.

Pude ver un poco más allá a Zlatan y otros jugadores de Los Justos peleando entre ellos por atrapar billetes. Se los quitaban unos a otros.

El entrenador Al-Husayni también se empujaba con uno de sus ayudantes por un puñado de billetes.

Los guardias de seguridad y los funcionarios no hacían nada por impedirlo.

Al revés: ellos mismos también se apresuraban a coger la mayor cantidad de billetes posible.

Mi padre trataba de impedir que la gente se quedara con el dinero.

–Señores, señoras, por favor –dijo–. Estos billetes probablemente proceden de un robo... ¡Por favor, no cojan el dinero les digo!

Por supuesto, nadie le hacía caso.

Hasta que mi madre llegó a su lado con un buen fajo.

–Toma, Emilio. Guarda esto en la chaqueta, que voy a por más –dijo ella.

–Pero, Juana... –protestó mi padre–, como agente del orden, debo dar ejemplo y mostrar un respeto y...

–Claro, claro... Pero tú guarda eso –le interrumpió mi madre, y a continuación bajó rápidamente hacia un pequeño remolino que se había formado con un montón de billetes–. ¡Oye, que esos los he visto yo antes!

Todos los espectadores y jugadores corrían por el campo.

Iban de un lado para otro atrapando más y más billetes, que no dejaban de caer de aquella enorme bandera. El viento los empujaba suavemente sobre nuestras cabezas.

Incluso Tomeo y Camuñas se habían recuperado milagrosamente.

Corrían levantando las manos, dando grandes saltos.

–¿Y el azúcar? –le preguntó Felipe.

—Me siento un poco mejor de repente —respondió el defensa, y siguió a lo suyo.

Alicia nos hizo un gesto con el pulgar hacia arriba.

Parecía de los pocos que se habían dado cuenta de lo que realmente había pasado.

Que yo había marcado un gol en el último segundo.

Y habíamos ganado el partido.

Era muy raro.

Habíamos vencido a Los Justos.

Y habíamos salvado al equipo.

Pero nadie lo celebraba.

Solo Helena con hache y yo.

—¿Cómo sabías que estaba ahí el botín? —me preguntó.

—No lo sabía —respondí—. Laoi Chai San me envió un mensaje.

—¿Tú crees que este será todo el dinero del atraco?

Buena pregunta.

Robin Hood repartía el dinero que robaba entre la gente del pueblo.

Pero siempre se quedaba una parte.

A lo mejor, Laoi Chai San había hecho lo mismo.

No podía saberlo.

Seguramente, habría una investigación.

Pero eso sería durante los próximos días.

En ese momento, estaba muy contento y no quería pensar en nada más.

Había metido el gol de la victoria.

Helena con hache estaba a mi lado.

Y además...

Un momento.

Entre los billetes que seguían cayendo y la gente que corría en todas direcciones, me pareció ver una figura al fondo. Detrás de la portería.

Era una niña delgada.

¿Era posible que fuera Laoi Chai San?

¿Se había atrevido a volver después de escaparse?

¿O puede que nunca se hubiera ido?

Di un paso adelante para verla mejor.

Helena se dio cuenta y también se acercó.

Entonces, la niña rubia que estaba detrás de la portería se movió un poco y el sol le dio en el pelo.

Ahora pude verla bien.

Era rubia.

Pero además... ¡tenía un mechón de color azul!

¡Era Lorena!

Y a su lado apareció mi hermano Víctor.

No sé si habían estado viendo todo el partido o habían llegado en el último momento.

Pero el caso es que allí estaban.

Y no venían solos.

Entraron en el campo corriendo.

Detrás de ellos iban... siete gatitos marrones y negros.

Los gatos también daban saltos, intentando atrapar billetes con la boca o con las patas.

Y así acabó todo.

En un campo de fútbol.

Bajo una lluvia de billetes.

Con mis mejores amigos, mi familia y siete gatos corriendo y dando saltos.

Tuve el presentimiento de que, tarde o temprano, volvería a ver a Laoi Chai San.

Helena miró los billetes caer.

Después me miró a mí.

Dijo:

—¿Vamos?

Yo respondí:

—¡Vamos!